Annie Gomiéro

Un flic à l'amer

Editeur : *Bod*
Books on Demand
© *2015 Annie Gomiéro*
Isbn : 9782322018352
Dépôt légal : juin *2015*

Photo de couverture :
http://www.photo2ville.com/

Annie Gomiéro

Un flic à l'amer

A mes parents
A Julie, Rouky et Poupette, mes petits farfadets

Le Monde écrit, dans son édition du 9 octobre 1990 :
" *On n'éteint pas facilement le feu quand il embrase aussi les âmes* ".

Si je n'étais pas sûr de la revoir chez elle, demain, aurais-je tant de sang-froid pour y penser ?
Alain Serdac

Tous les personnages et situations sont imaginaires.

1

Après avoir muselé ce vieux radoteur de réveille-matin, Ulrich de Londaine s'assit au bord du lit et se massa le cuir chevelu. Il se souvint brusquement qu'il attaquait sa seconde journée en qualité de commandant de la crim' de Lyon, et que ses subordonnés avaient le visage de l'inconnu.
Ulrich avait faim de café et de pain grillé. Il pensa aux premières années de leur mariage, se tourna vers une crinière blonde qu'il ne reconnaissait pas.

Puisqu'il fallait encore repartir, — Roxane soupirait, mais avec une lueur de plaisir dans la prunelle —, elle changerait de look : celui d'une estivante perpétuelle, pour faire la nique aux Lyonnaises.
  — Paris à deux heures de TGV ! Une propriété avec un sous-sol pour faire des boums avec tes amis ! Un « vrai » lycée, bien coté, où l'on fait de « vraies » études ! Tu te rends compte, Dédée, de la chance que tu as ?
Dans le monde manichéen de Roxane, il y avait les « vraies » choses, et celles qui ne valaient même pas qu'on s'y attarde. Le « vrai » impliquant pour elle, la sécurité, une place assise dans le train de la société : le fric, en un mot.

Elodée s'en fichait comme de son premier pétard. Là ou ailleurs ... Son monde était sur le web, les jeux de rôle, des petits mecs bizarres qui la sonnaient à toute heure du jour ou de la nuit, discourant dans un langage extra-terrestre. Roxane rêvait de faire d'Elodée une « vraie » jeune fille. Ulrich trouvait qu'elle avait tout ce qu'il fallait pour ça, cette gamine, c'était une *vraie* réussite, ce qu'il avait fait de mieux dans sa vie ; même déguisée en papou ou en Vampirella, ensachée dans des loques, elle déchaînait les foules.

— Tu devrais mieux surveiller ta fille, commandant Londaine... proférait Roxane. Tout de même, Lyon, c'est la grande ville ! Ils ont tous l'air d'avoir avalé un manche à balai, mais la cochonnaille et le Côtes du Rhône, ça fait le sang chaud !

Roxane et ses clichés ! En outre, d'une inconcevable naïveté, en ce qui concernait sa fille unique. Sûr qu'avec sa bande d'affreux, Elodée ne jouait pas aux dominos !

Hier, en rentrant très tard, — comme à Nîmes —, Ulrich crut s'être trompé de maison : il ne maîtrisait pas encore très bien le plan de la zone pavillonnaire de Bron.

Pourtant, la blonde qui ouvrait la porte, cette femme mince mais pourvue d'une poitrine appétissante, les hanches moulées à mort dans un jean, était bien Roxane ! Où était passée sa gitane à longue natte brune ?

« *Comment me trouves-tu ?* » disaient ses yeux brûlants.

— J'ai fait des steaks au poivre...

Lorsqu'elle passa près d'Ulrich, il la prit dans ses bras, posa un baiser sur sa tempe.

— Ça me plaît bien, une femme blonde ...

Il n'en pensait pas un mot. Il était interloqué, peiné. Il avait tant besoin de repères. Comme un gosse. Cette mutation dans « le nord » le déstabilisait.

Pourtant, ses racines couraient non loin : la verte vallée de l'Ondaine que le XIXe siècle industrialisa, à vingt lieues de Lyon, et d'où lui venait son patronyme. D'une Haute Époque où les hobereaux gardaient les pieds dans la glaise, tannaient les peaux, mais savaient aussi bleuir les lames et gâcher la pâte à papier. Demeuraient chez Londaine, de ses nobles ancêtres, un esprit chevaleresque qui se manifestait souvent hors de propos, — que Dédée cultivait aussi au gré de ses élucubrations gothiques —, et cette particule source d'étonnement et souvent de réticences, dans son métier de policier. Même si maintenant, sa réputation le précédait favorablement, et que son grade l'exemptait d'explications interminables.

— Fais attention, écoute, pas devant la petite ...
La petite fredonnait, les écouteurs de son MP3 vissés aux oreilles, l'air dégoûté, lorsque ses parents s'exprimaient de la tendresse. Dédée sentait le tabac égyptien à trois mètres. Une jambe de ci, gainée de nylon savamment troué, une jambe de là. Les cheveux noir corbeau, des yeux de porcelaine soulignés de khôl.
Roxane se penchait pour ôter une oreillette du baladeur.
— Dédée, laisse le fauteuil club à ton père, il est crevé ! Sers-nous un verre, mon bébé. Alors, mon chéri, comment c'était, cette première journée ? Ils sont fréquentables, les flics lyonnais ?
— Maman, ne m'appelle pas « Dédée » ! C'est la honte ! Déjà que j'ai un nom ridicule ! On m'a chambré toute la journée, au bahut !
Roxane ouvrait des yeux ronds :
— Comment ? Au Lycée de la Belle Cordière, à deux pas des Remparts d'Ainay, on ne sait pas que l'élodée des chemins est une fleur ?
— Qu'est-ce que tu crois ? On n'est plus en 14 ! D'ailleurs à

présent, je veux qu'on m'appelle Ramifor !
— Rami quoi ?
— C'est le nom de la Reine des Saloupés, dans le second volet du Combat des Ciracamons contre les Fortizisses.
Roxane l'embrassait bruyamment, Elodée râlait, essuyait sa joue d'un geste enfantin.
— Si tu cessais ces bêtises, ma petite fille.
Elodée se levait, rapportait le pur malt :
— Tu ne peux pas comprendre, c'est ma famille ... murmurait-elle.
Puis un peu plus fort :
— Enfin, ma deuxième famille ...
Roxane et Ulrich s'installaient autour de la cheminée, Elodée redevenait leur bébé assis à leur pied, jouant avec les chats, tout en évoquant « *les boutonneux de la taule, pas trop nullos, quand même, c'était déjà ça ..* ».
Ulrich retrouvait un peu de sérénité. Un peu seulement. Mais le steak au poivre et un bon Côtes-du-Rhône, et une vieille série B devant la téloche avec la nouvelle Roxane blonde contre lui, finiraient d'estomper la mauvaise impression.

Parce que c'était bien une impression funeste, qui l'avait tout de suite saisi, lors de sa première journée au sein du groupe d'intervention régional, à la brigade criminelle de Lyon.
De fait, il n'avait senti aucune défiance de la part de l'équipe, et, hormis l'accent moins chantant qu'à Nîmes, l'accueil un peu forcé au kir et à l'amer picon plutôt qu'à la mominette, les gens et le boulot étaient les mêmes.
Le capitaine, une femme, — Jolie, la capitaine ? glissait Roxane.
— Oui, une jolie fille, mais pas le genre à draguer le dernier

arrivé ! Elle se nomme Jolène Gentil.
Roxane avait un petit rire : à quarante-cinq ans, on connaît bien son conjoint et ses faiblesses ...

— Joli prénom ! chantonnait-elle.

Certes, la capitaine avait soigné l'accueil, mais on sentait que l'équipe était ailleurs. Préoccupée. Et bien embarrassée « *du nouveau gérant* ».
D'abord, Ulrich pensa au quant-à-soi des Lyonnais, mais il comprit vite qu'il y avait autre chose. Pas encline à partager ses secrets, la fine équipe ! Soudée, pas de tronche vicelarde, cependant : un bon point. On se bougeait vraiment, on ne brassait pas d'air. Recherche de résultats. Pas de meneur. La capitaine, vigilante et capable, et qui ne mettait pas ses appas en avant. Une sacrée jolie fille pourtant, une vraie blonde ..., mais inutile de se répandre devant Roxane : malgré sa réticence au devoir conjugal, ces derniers mois, Roxane demeurait jalouse comme une tigresse !

— Tu comptes aller voir Janin ?

Renfrogné soudain, Londaine leva une épaule comme seule réponse. Roxane jouait avec le breuvage doré dans le prisme du cristal. Par contraste avec sa nouvelle crinière blonde, ses yeux de biche semblaient d'un ambre plus profond. Ulrich dévisageait une étrangère.

— Et ta mère ... Il faudrait tout de même lui dire que nous avons emménagé à Lyon. A soixante-quinze ans, elle pourrait se calmer un peu ! Et s'occuper de sa petite-fille, plutôt que des populations paumées de Tanzanie !

— Dédée adore sa grand-mère, et en outre, Marthe lui adresse pour chacun de ses anniversaires, un chèque substantiel.

— Tu sais très bien que l'argent ne fait pas tout.

Ulrich ne répliquait pas. Roxane ne l'entraînerait pas sur ce terrain bourbeux.

— Enfin, si tu te décidais à le rencontrer, prie Janin à dîner. C'est tout de même un peu le grand-père de Dédée. Si elle optait pour le droit, ça l'aiderait fichtrement !

— Quel esprit pragmatique...

Il savait que son persiflage se trompait de cible, mais il fallait qu'il passe sa soudaine mauvaise humeur sur quelqu'un.

— Et c'est toi qui me dit ça ... soupira Roxane. Bon, je vais me coucher, bonne nuit. Tu n'oublieras pas d'éteindre ...

La veille, le lundi matin, la nouvelle affectation du commandant Londaine ne se préoccupa pas d'heure légale. Il fallut foncer dans une ville qui se frottait les yeux, vers un pseudo suicide dans le 7e arrondissement, non loin du pittoresque quartier de Chinatown. Une jeune femme s'était jetée du toit d'une ancienne chocolaterie, dans une petite rue presque désaffectée qui s'embouchait dans la rue Pasteur.

La triste scène finit de lui plomber le moral. Une gamine de l'âge d'Elodée, avec de grands yeux bleus tout pareils, abandonnée sur le trottoir comme un jouet cassé.

— La troisième en six mois ! Sempillerie de bocon ! râlait le lieutenant Jules Bassanian en mastiquant ferme.

Une jupette en simili doré, la saignée du coude piquetée de bleu, de grands hématomes sur les bras et les poignets, déglinguée de partout, pas un papier sur elle. La brigade était déjà sur place, dans le jour naissant.

L'horreur familière enveloppa Londaine d'un courant d'air froid, devant la joue de velours intacte, la bouche enfantine barbouillée de mauve et le rouge profond rampant sur l'asphalte.

Il leva le nez vers la façade d'un jaune pisseux, l'arête du toit et sa

gouttière rouillée d'où la petite avait plongé, et entre les cheminées centenaires, un morceau de ciel encore vaseux, hésitant entre rire et pleur, sous le coton sale d'un jour sans vent.
Le nouveau commandant lyonnais eut un gros coup de blues sous forme de manque, devant cette vie fauchée : l'haleine salée des vents de mer, la brume matinale sur le Grau, qui se tirait d'un coup comme un rideau pour laisser place au soleil. Comme si la mort n'habitait pas aussi dans le sud.
Ulrich émit mentalement les mots que la capitaine prononça tout haut, après avoir observé sans les toucher les bras nus et le cou de la petite :

— La brigade du proxénétisme va nous les briser. Encore une gamine des réseaux de l'est.

Puis se ravisant :

— Enfin ... Je veux dire ...

Ulrich acquiesça :

— Vous avez sans doute raison.

Elle l'enveloppa d'un grand regard franc. Ulrich n'était pas du genre « *poussez-vous de là que je m'y mette* ». Il déléguait, et puis, en débarquant dans une nouvelle affectation, c'était la seule manière de saisir la politique de la boîte, ses forces et ses faiblesses.
En cette macabre occurrence, il fit la connaissance de la première substitute du Procureur de Lyon, Frédérique Lamour, une « vraie » élégante, comme aurait dit Roxane. Une vraie compétence, aussi, dixit la capitaine.
Il rencontra également le légiste, et les hommes de la division de police technique. On était loin de la faconde du sud, qui enrobait le malheur d'une sorte de joie fataliste. Là, c'était Guignol et Gnafron descendus des Pentes de la Croix-Rousse, frondeurs et

compassionnels aussi, sans oublier la Mère Cotivet, qui officiait sur le lieu de la tragi-comédie de la vie avec la même grave considération que derrière ses fourneaux.

— La mort est intervenue vers quatre heures ce matin, émit le médecin légiste.

On entendit le buraliste ayant découvert le drame en ouvrant son commerce, vers cinq heures. Il n'habitait pas sur place. Chamboulé, mais pas tellement étonné. Il s'en passait des vertes et des pas mûres, dans ce p... de quartier.

— Comment se fait-il que personne n'ait prévenu la police auparavant ? s'enquit la Substitute Lamour.

— Il y a beaucoup d'immeubles désaffectés, émit le buraliste en battant des bras. Et aussi une population qui n'aime pas trop les poulets, euh, pardon, madame. C'est sûr que la pauvre gosse, pour en finir avec cette p... de vie, elle n'était pas trop dérangée par le trafic.

— C'est un lieu habituel de prostitution ? demanda Londaine.

— Pff ... De nos jours, on ne sait plus qui est qui ... gémit le commerçant. Moi, j'en ai ma claque, j'ai un Turc qui me rachèterait mon affaire. Je vais me barrer et vite fait. Si ça continue, je vais me faire dessouder pour quatre machins à gratter.

L'attention fut attirée par une grêle battant le pavé. Une troupe agitant des pancartes approchait. Mme Le Substitut leva les yeux aux ciel et entreprit de parlementer avec un échalas.

— Les zigues des affiches, exposa le buraliste. Ils collent leurs papelards n'importe comment, c'est défendu, pardi !

— Les afficheurs sauvages ... renchérit le capitaine Jolène Gentil.

— C'est ce que je dis ... ronfla le commerçant.

Olivier Lazarus, un lieutenant à catogan et minois de petit

marquis du Grand Siècle se pencha vers la capitaine :
— M... ! Le Belge. Les proxos sont déjà là ...

Ulrich rentra immédiatement dans son rôle, et il entendit l'équipe faire corps derrière lui, d'instinct. Il en ressentit une reconnaissante satisfaction.
— Ulrich de Londaine, dit-il, les mains dans les poches.

Le sourire impeccable du capitaine de la brigade des mœurs se figea.
— Capitaine Gherard Redeven.

Il désigna le corps de la pauvre fille :
— Vos conclusions ne font pas de doute, n'est-ce pas ? Inutile de perdre du temps. Elle est à nous.

Mme Le Substitut palabrant avec les manifestants, n'entendit pas sa réflexion.

Ulrich tourna le dos aux Mœurs :
— Allez voir ces gus, glissa-t-il à l'inspecteur Karim Sathi.

Karim s'éclipsa tandis que le Belge objectait sèchement que son équipe bossait sur les réseaux depuis des mois, et que les conclusions du légiste devraient au plus tôt être communiquées aux mœurs, et pas à la crim'.

Londaine haussa les épaules.
— La présence du Parquet, de l'IML, et de la police scientifique sur les lieux, ne vous étonne donc pas ? Ces suicides à répétition appellent l'autopsie, une instruction sur ordre du tribunal, et une enquête, diligentée par la brigade criminelle.

Le médecin légiste observait la gamine pétrifiée, dont personne n'avait clos les paupières sur ses yeux de poupée.
— Fermez-lui les yeux, Docteur, pria Ulrich

Puis au capitaine de la brigade du proxénétisme :

— Mon rôle est de protéger cette petite, même trépassée. J'aviserai votre commandant des éléments susceptibles de l'intéresser. A présent, vous ne manquez certainement pas de travail, je ne vous retiens pas.

Olivier Lazarus masqua son sourire derrière sa main finement gantée. Karim reprenait sa place dans le groupe. Mais Redeven ne lâchait pas, rejetant nerveusement une mèche :

— C'est la troisième roumaine en peu de temps. Le Dr Brazier sait de quoi il s'agit. Il pourrait directement nous livrer ses observations, afin d'abréger les investigations, et ainsi, coincer plus vite ces salopards de proxos. On en est déjà à trois filles, vous êtes au courant ?

— Ce n'est pas la procédure. Laissez-nous au moins le temps de diffuser un appel à témoins.

— Vous savez pertinemment que ça ne donnera rien, et qu'il est inutile de convoquer les *cousins* de la Crim', personne ne parlera

— Permettez que je m'en assure par moi-même.

— Si vous avez du temps à perdre, M. de Londaine.

Le ton faussement cérémonieux, l'impudence tranquille, Ulrich tenait ces tentatives de déstabilisation comme inconvénient mineur, et depuis belle lurette.

— Si les homicides n'étaient pas avérés ..., car ils ne le sont pas encore, n'est-ce pas ?

Jolène et le légiste approuvèrent.

— S'ils ne sont pas avérés, votre filet remontera bredouille, et vos poissons fileront vers d'autres rivages. La pêche au gros est un sport délicat, capitaine. Il convient de s'armer de patience.

Les mâchoires du Belge se contractèrent, et seule sa bouche sourit :

— C'est certain, mon commandant. Mais il faut se hâter

lentement. Gare à la noyade, si l'on patauge trop longtemps. Je crois que vous venez de la Méditerranée, vous savez bien nager...
Le Belge tourna les talons. Ulrich serra la main du légiste :

— Content de vous connaître, Dr Brazier, même si les circonstances ne sont guère réjouissantes.

— C'est partagé. Ces pauvres gosses, je ne m'y ferai jamais, soupirait le médecin. Le premier corps en cadeau de Nouvel An. Les deux autres décès au début de l'été, espacés d'une dizaine de jours. Votre prédécesseur, le commandant Nemat, était persuadé qu'il s'agissait de crimes, mais hélas, on n'a pas d'indices tangibles, on ne peut conclure qu'au suicide, dans les trois cas. La première pendue à une grille de boutique désaffectée du 8e, la seconde à une poutrelle métallique de squat à Vénissieux. Ces filles ont fini hélas à la fosse commune, impossible de prouver leur identité. On pense qu'il s'agit de jeunes roumaines.

— Comment se fait-il, sans soupçons d'homicides, que le parquet ait été d'avis de les autopsier ?

— C'est grâce à Nemat, fit Jolène. Pour la première victime, Lamour s'est un peu fait tirer l'oreille, mais au second pseudo-suicide, le commandant est parvenu à persuader la proc' que ces morts pouvaient laisser supposer une organisation criminelle. Et puis, l'opinion publique s'est émue.

— Ces meurtres ressemblent furieusement à des punitions de proxos en réseaux. Nous travaillions à remonter la filière, lorsque Julien Nemat a eu son accident, déclara Lazarus.
Ulrich le dévisagea, et le lieutenant rougit. Jolène lui décocha un coup d'œil furieux.

— Mais depuis le début, on est embêté par Redeven, poursuivit-elle comme à contre cœur. Il prétend qu'il y aura forcément des fuites, et qu'on va lui casser tous ses coups !

— Il est là depuis longtemps, Redeven ?
— Trois ans, il vient de Lille. Il connaît bien les enquêteurs belges, il a aidé à l'arrestation du tueur des facteurs, vous vous souvenez ? Néanmoins, il s'est concocté un solide tissu d'indics dans toute le ville. On ne sait pas trop comment il s'y prend. Mais ici, ses méthodes ne plaisent pas trop.
Des appareils photos crépitaient.
— Éloignez gentiment les journalistes, lieutenant, commanda Londaine.
Ulrich considérait tour à tour les membres de sa nouvelle brigade.
« Ils travaillaient à remonter la filière ... Je parierais qu'ils y travaillent encore, en sous main .... »

2

Le jeune corps fut emporté, que l'on devinait à peine sous son linceul de plastique. Les techniciens du SRIJ demeuraient sur les lieux, pour faire parler la plus infime empreinte propre à faire avancer l'enquête.
Il fallait constamment endiguer la foule des badauds renseignés on ne savait comment, les repousser avec fermeté derrière les bandes jaunes.

— On ne peut même pas crever tranquille, maugréa Jules Bassanian qui se roulait un chalumeau, tout en couvant d'un oeil oblique les hommes en combinaison blanche s'affairant sur l'aire technique.

— Tu as encore grossi. Dis à ta mère qu'elle arrête de te cuisiner des beureks à la viande !

— Fiche moi la paix, Lazarus, et laisse ma mère tranquille. Moi, je ne concours pas pour Miss Univers, comme certains !

— Matez plutôt le populo avec vos portables, siffla Jolène Gentil. Un portrait de groupe, ça peut toujours servir ...

Ulrich apprécia l'initiative. Décidément, cette petite capitaine lui plaisait.
Un jeune homme à lunettes vint avertir Londaine que Mme la Substitute Lamour voulait lui parler. Qu'il soit au Palais à trois heures, demain après-midi.

— *Monseigneur* a un ticket ... souffla Bassanian dans un nuage de fumée fétide.

— Lazarus, venez avec moi ! commanda Londaine.

Tous deux accompagnèrent deux hommes de la scientifique dans leur progression dans les étages.
Les coups portés contre les portes palières restèrent sans effet. Mais au troisième, un battant était entrebâillé. Un vieil homme pointa son nez.

— Bonjour ! Londaine, police criminelle. Vous avez entendu quelque chose, ce matin vers quatre heures, ou cette nuit ?
L'homme leur fit signe d'entrer et désigna un appareil de surdité posé sur une commode.

— Je suis sourd ! hurla-t-il.
— La jeune fille ! beugla Lazarus.

Il montrait le haut de l'immeuble, puis la rue.

— Demandez au cinquième, il y a des carabins dans les soupentes ! S'il n'étaient pas pleins comme des barriques, à leur habitude, ils pourront peut-être vous renseigner !

Mais les étudiants devaient être en cours, et on leur laissa un ordre de passer à la crim', pour une éventuelle déposition.
Une porte donnait sur les toits :

— La fille est forcément passée par là. Et peut-être aussi ceux qui l'ont poussée. On monte.

Les hommes du labo se mirent au travail. Lazarus leur emboîta le pas :

— Ne m'en veuillez pas, commandant, je ne peux pas m'approcher du bord, j'ai un de ces vertiges ! Je suis comme le Père Noël, je préfère m'occuper des cheminées.

D'ici, perché contre le ciel, on voyait la presqu'île et ses monuments patinés. Des bribes de quais de Saône respirant l'Italie, se perdaient dans une brume turquoise faussement séduisante.

Ulrich contemplait une ville d'un autre âge, hormis les tours dernier cri de la Part-Dieu. Face à lui, les toits hétéroclites flottaient au-dessus des nuages comme des navires. Les rumeurs toutes mâchées montant des rues, le ronflement du trafic qui semblait un océan invisible, anesthésiaient sa conscience, repoussaient un peu la dure réalité. Il lui sembla saisir le chuintement des platanes de la rive gauche du Rhône. L'horreur de l'inéluctable se donnait un répit. Le monde continuait.
Tourmenté de nausée, Londaine dut malgré tout se pencher sur le vide, reconstituer mentalement la chute du corps.
Le gravier humide crissa, le faisant sursauter.

— J'ai trouvé ça, maigre gibier ...

Olivier Lazarus brandissait un porte-clé au bout d'un crayon. A l'anneau, était suspendu un petit lapin en peluche d'un rose passé, et tout frotté de suie.

— Peut-être avez-vous raison de croire encore au Père Noël, lieutenant Lazarus.

L'animal fut confié aux techniciens de la PST, empaquetant leur propre récolte : toutes sortes de mégots, bouchons et autres déchets plus ou moins détériorés.
Jules Bassanian et trois agents demeurèrent sur place pour l'enquête de voisinage.
La C4 se dirigeait vers la rue Marius Berliet.

— J'ai peur qu'il ne faille encore conclure au suicide, émit Jolène Gentil. Et alors, ces ... exécutions ne s'arrêteront jamais ! Un vieil homme sourd, des potaches fêtards et bruyants, un buraliste qui n'habite pas sur place, et peut-être des témoins, mais mal disposés à aider la police et qui se tairont. Les deux premiers crimes se sont produits aussi dans des lieux discrets. La grille d'un commerce désaffecté du 8e, et un squat à Vénissieux.

— Veillez à entendre les étudiants. Quatre heures, c'est l'heure de la mort. C'est aussi au petit matin que les jeunes ont dû réintégrer leurs pénates, après avoir fait la tournée des troquets plus ou moins légaux. Avec un peu de chance, il leur restait assez de lucidité pour avoir vu quelque chose et s'en souvenir.

— Nous avons aussi photographié les badauds. Peut-être reconnaîtra-t-on des faciès connus ...

— Ce n'est pas impossible. Et les colleurs d'affiches, depuis quand étaient-ils là ?

Karim se penchait entre les appuie-tête :

— Ils en avaient après la substitute, rapport à l'astreinte à payer, suite aux collages sauvages. Ils ne se sont rendus sur place qu'après avoir entendu dire dans le quartier que la police et le parquet seraient sur un meurtre rue Bèchevilain. Les afficheurs nourrissaient l'espoir de se faire entendre de nouveau par la justice. Je crois qu'il n'y a rien à tirer de là.

— Dommage, soupira Ulrich.

— Attendez, commandant ! Dans la bande, il y avait un petit dealer, on se demande ce qu'il fichait là, ce naze. Une sorte d'indic occasionnel des stups, vous voyez, il traîne partout. Il prétend avoir des choses à dire. D'ailleurs, il était assez proche du commandant, enfin, je veux dire, de ... et ...

Ulrich vit Jolène Gentil fusiller son subordonné du regard, dans le rétroviseur du pare-soleil. Ainsi, les cachotteries de la brigade concernaient son prédécesseur...

— Je l'ai convoqué pour cet après-midi, lança Karim Sathi précipitamment.

Ulrich avait rendez-vous à onze heures avec le grand chef adjoint, Michel Debard, remplaçant le directeur interrégional monté au ministère.

Le DIPJ de Lyon, surnommé le « *Gatto* », était une pointure, et une vraie plaie pour les gangs locaux. La brigade en parlait avec respect, mais en toute simplicité : Ulrich supputa que ça impliquait des lendemains pas trop rock'n'roll avec la hiérarchie. D'ailleurs, à Nîmes, le commissaire principal lui avait fait valoir tout l'honneur et l'avantage d'être muté à Lyon. A quarante-cinq ans, Ulrich avait l'âge idéal, et sa réactivité, sa formation et son expérience en criminologie feraient merveille :
« Paris n'est pas loin, cher Londaine, avec toutes sortes de promotions alléchantes pour les prochaines années ! »
Mouais.

Dédée n'avait pas râlé, une chance ! Et Roxane était sensible au changement de vie et l'augmentation qui allait avec, et, argument suprême, le tourbillon de la capitale, dont elle raffolait, à deux heures de TGV.
Elle projetait même de se trouver un petit boulot. D'ailleurs, elle avait pris des contacts en ce sens avant de quitter Nîmes.
Cette fois, elle évoqua plus modérément les dangers du métier de son mari. Il semblait que depuis quelques temps, l'angoisse de l'imprévu tragique ne la taraudait pas autant, assortie de la phobie du téléphone au milieu de la nuit. Elle répétait qu'Ulrich serait dorénavant moins exposé, du fait de son grade. Roxane avait une vue très personnelle du métier, comme de la vie en général.

Mais le danger était partout, à tous les étages, tous les grades, et pas seulement dans la rue, pas seulement la nuit. La mort vicelarde renaissait de ses cendres, vous lui coupiez le cou, il en repoussait vingt, comme l'Hydre de Lerne. Et le pire, c'est que cette mort vivait dans la tête de tout le monde, les malfrats et ceux qui essayaient de les coincer, qu'ils y parviennent ou pas.

Et comment, avec quels mots, expliquer à Roxane la complicité mortifère qui unissait bien malgré eux, les flics et les bandits, pour la raison bête qu'ils parlaient des mêmes choses à huis clos, yeux dans les yeux, prisonniers de leur peau, de la procédure, de la société.

Comment décrire l'indicible loterie de l'horreur, renouvelée chaque jour, qui ne peut s'exprimer qu'en hurlements de loup, et que l'on plaque pourtant sur des mains courantes, des rapports, des statistiques, en mots placides, mesurés, archivés enfin.

Comment lui apprendre, avec quels ménagements, que les flics ne sortaient jamais plus du cauchemar où ils plongeaient en l'ignorant, lors de leur première affectation, porteurs eux aussi des bracelets de l'infamie, condamnés chacun à leur manière à traquer ce magma, cette noirceur comminatoire inséparable de la condition humaine, prête à jaillir d'où on l'attendait le moins ?

Ulrich se passa encore de café et de pain grillé : la gamine tombée du toit attendait le nouveau commandant de la brigade criminelle à l'IML.

Et puis, le bureau de la Substitute Lamour rappela : trois crimes, c'était trop ! Il fallait une conférence de presse, et puisque le *Gatto* était absent, elle attendait Michel Debard, l'adjoint du directeur interrégional, et le commandant de Londaine, à onze heures, pour peaufiner le continu de la communication à la presse.

Comme d'ordinaire, Londaine dut s'arracher pour passer le seuil de l'institut médico-légal. Submergé par le sentiment confus de respect, de crainte superstitieuse héritée de la vieille humanité, d'écrasement, d'incompréhension et d'évidence mêlés, que l'on ressent dans les sanctuaires. Et Ulrich se demandait toujours comment les légistes faisaient, pour regarder la mort en face. Toute la journée, s'entend. Lui n'y parvenait que quelques minutes. Et encore, il mettait des heures à noyer ce familier néant sous des flots de paroles. On faisait comme cela, dans la Loire tout autant que dans le midi, pour conjurer le malheur. Avec un bon coup d'amer Picon, ça passait encore mieux.

Cette enfant, malingre et blanche, sous son drap de deuil, qui la pleurerait ? Londaine faillit appeler Roxane sur son portable, pour lui expliquer.
Roxane était la compassion même. Comme elle pleurerait bien, et sincèrement, sur la dépouille de cette pauvre petite malheureuse.
— Ça va, commandant ?
Le Dr Brazier le considérait avec sympathie par-dessus ses verres, et Londaine acquiesça. Le légiste, orfèvre de la criminalistique, enseignant à l'Université Claude Bernard et auteur de plusieurs ouvrages qui faisaient autorité, avait l'abord simple et l'aspect tutélaire du Père Noël.
— Des traces de violence, docteur ?
— Quelques bleus sur les bras et dans le dos, mais ça ne prouve rien, aucune empreinte digitale utilisable. La jeune femme consommait toutes sortes de saloperies, notamment du speed. Ca prédispose aux hématomes. Si ça se trouve, elle a sauté toute seule comme une grande.
Londaine soupira.
— Attendez les conclusions du labo, commandant, des fois, on a des surprises quand on s'y attend le moins. Je mettrai mon rapport en attente dans la mesure du possible.
Il recouvrit doucement le visage de madone enfant.

— Elle a gravi son calvaire, pauvre môme. Dire que les proxos en chef se les roulent dans la soie, et envoient leurs gosses du même âge dans les meilleurs écoles.

Sur le seuil, le vent du sud soulevant des tourbillons de poussière chaude fouetta le visage du commandant. Ici, l'automne balançait indéfiniment entre l'été indien et l'haleine crue des montagnes.
Londaine ne se retourna pas, comme lorsque, enfant, il quittait l'étude ivre de liberté, de peur que le maître ne le rappelle. Mais alors, il pouvait sans déchoir prendre ses jambes à son cou.
Les deux hommes se dévisagèrent. La barbe grisonnante et les verres teintés du directeur adjoint, laissaient peu le loisir de déchiffrer ses sentiments. Les yeux, attentifs, noirs, insondables.
— Je vous emmène, Londaine. Nous ne sommes pas en avance. Nemat a pour ainsi dire laissé tout en plan ! Enfin, ne lui faisons pas de procès ! Mais cette conférence de presse ne sera pas du luxe. Il faut que les bourgeois lyonnais comprennent bien que leurs filles ne sont pas visées. Qu'il s'agit uniquement de prostituées. Enfin, je veux dire que ces drames concernent un milieu précis. Ces gamines ne paraissaient pas sortir du couvent. Mais vous connaissez le dossier ...
La Citroën se lança dans le trafic.
— Tout va bien avec Gentil ? Il faut dire à leur décharge, poursuivit-il, que les hommes eux aussi, sont déstabilisés. Votre prédécesseur a été muté à Menton, pour lors, il est en maison de repos, après son accident.
— Son accident ...
— L'équipe ne vous a rien dit ?
Ulrich saisit le vif regard, éluda :
— Nous n'avons guère eu le temps, avec la jeune femme

tombée, ou poussée du toit. Le commandant Nemat a eu un accident ?

— En secourant un jeune collègue qui projetait de mettre fin à ses jours, et qui hélas, y est parvenu. Au fait, comment vous entendez-vous, avec Redeven ? Le Belge ...

— Je suppose que nous avons l'un et l'autre à cœur de faire avancer les affaires.

— Tant mieux, nous ne voulons pas qu'il y ait de vagues en ce moment, entre sections de la Criminelle, vous comprenez ? Le commandant des mœurs est en voie de passer divisionnaire, Redeven est une pointure, il prendra certainement la direction de la brigade, et donc, je vous demande de le traiter comme un égal. Oui, alors, après l'accident de Nemat, il y a eu du vent dans les voiles, nous en reparlerons, c'est d'ailleurs pour cela que *le Gatto*, enfin, je veux dire, Christophe Tremet, est à Paris. Il va rentrer d'humeur massacrante. Et que dois-je lui dire, pour la gamine de la rue Bèchevilain ? Il n'y pas pas de lien avec Parilly, n'est-ce pas ? La prostituée du boulevard de ceinture, vous êtes au courant ? De toutes façons, la procure n'autorisera pas l'autopsie. Et Lamour, qu'est-ce qu'on lui dit ?

— Je sais que le Lyonnais vont vite en besogne, sauf lorsqu'ils dégustent les spécialités du cru, mais il faut laisser à la brigade et aux hommes de la scientifique le temps de rendre leurs conclusions. M. le Directeur Tremet et le procureur comprendront cela, j'en suis sûr. Pour ce qui me concerne, pas question de bâcler !

Le directeur adjoint se fendit la barbe d'un demi sourire.

— Mais nous en sommes d'accord, Londaine !

— Une gamine de seize ans à peine, ça mérite, ce me semble, que l'on s'y arrête, s'échauffait Ulrich. Mon prédécesseur avait à cœur de résoudre les deux crimes précédents, une enquête ne se boucle pas en deux coups de cuiller à pot, voilà mon avis ! L'opinion attendra, comme la magistrature.

— Mais comment donc ! Restons serein... Je vous rappelle tout de même que le commandant Nemat n'a pu faire autrement que de conclure au suicide dans les deux affaires. Passons. Il y avait la presse, rue Bèchevilain ?

— Difficile d'évincer les journalistes. Mais ils ne pourront qu'être sibyllins, ils n'ont pas pu approcher, grâce à la manif des afficheurs sauvages.

— Pff ! Quelle engeance...

— Le commandant Nemat ... Que lui est-il arrivé au juste ?

Le directeur adjoint prit le temps de clignoter, virer, réintégrer sa place devant le trafic :

— Une sale histoire. Nemat a découvert un de nos jeunes lieutenants, pendu à une poutre où il gigotait encore, paraît-il.

— J'aurais pensé que la bouche de son arme entre les dents, ou alors ... le Rhône...

Debard soupirait, extirpant maladroitement une cigarette d'une vieille blague posée sur le tableau de bord.

— Le fleuve-roi a aussi ses adeptes. Il faut y prendre garde, même maîtrisé, le Rhône est un torrent. Gare à la noyade.

— Mon prédécesseur s'est donc blessé en voulant sauver son collègue ?

Debard fit une boulette de la cigarette et d'un geste rageur, la flanqua par la portière.

— Je vous l'ai dit ! Nemat est grimpé sur je ne sais quoi pour aider le gamin, mais c'était trop tard, il ne bougeait plus, et ils sont tombés tous les deux, Nemat sur le coin malencontreux d'une commode. Mais les circonstances étaient telles que la police des polices a trouvé des trucs suspects.

— Suspects ...

— Oui ... Il y avait de la bisbille entre Nemat et le gone. Nemat n'aurait pas réagi assez rapidement avant l'arrivée des secours. Soi-disant qu'on aurait pu sauver le jeune Marc Lorgot. Le légiste assure que cérébralement, c'était trop tard, le cerveau n'était plus irrigué. Mais la rumeur a fait son oeuvre, et la presse s'est emparée de l'affaire, renseignée par on ne sait qui. Bref, nous n'avons rien pu faire pour Nemat. Cette mutation, c'était ce qu'il y avait de mieux. En ce moment, ça valse pas mal dans la police et la magistrature, sur le coin.

— Menton, c'est bien pour se refaire une santé, dit Ulrich, l'oeil sur la circulation.

— Dans le cas de Nemat, il faudra du temps ...

— Il est salement touché ?

— Pour le moment, il est dans le coma, mais on a bon espoir. Allez, oubliez tout ça, et bienvenue à Lyon. Mme de Londaine pense-t-elle s'y plaire ?

— Certainement, M. le directeur adjoint.

— A la bonne heure. Ah, il faut tout de même que je vous mette en garde contre les sautes d'humeur du capitaine Gentil. Elles sont explicables, dans la mesure où la mutation de Nemat, et son état, ont directement affecté sa vie : c'est son mari. Son ex-mari pour être plus précis. Mais je suppose que vous êtes au courant. N'oubliez pas, Londaine : ma porte vous est toujours ouverte, et ... gare à la noyade ! dans le Beaujolais, bien sûr !

Debard éclata d'un grand rire de fumeur.

« *Mais qu'est-ce qu'ils ont tous, avec la noyade...* »

3

Debard n'était pas un imbécile. Il laissa Londaine parler, et la substitute Lamour trouva ses arguments judicieux. Cependant, il ne fallait pas laisser s'installer en ville un climat d'insécurité, ni que les réseaux de prostitution et les passeurs s'imaginent que le parquet tenait la mort de ces gamines en quantité négligeable. Et si aucun élément ne venait indiquer la piste à suivre avant la fin de la semaine, il faudrait remettre l'enquête aux Mœurs. Redeven connaissait tout de même mieux le milieu lyonnais que Londaine arrivant de Nîmes. La défection de Nemat ayant laissé tout le monde dans l'embarras.
Il convenait que le public ne fasse pas l'amalgame avec les suicides d'adolescents ; depuis quelques années, c'était presque devenu une mode de se jeter dans le vide, c'était héroïque. Enfin, il fallait que tout cela s'arrête, que les jeunes en mal de romantisme ne s'engouffrent pas dans la brèche, voyez-vous, M. le directeur adjoint, commandant Londaine ...

— C'est à cause du web, les jeux de rôle, tous ces délires ! lançait la magistrate avec véhémence.
Ulrich se tourna à demi vers Debard qui caressait sa barbe. Le directeur adjoint lui fit un coup d'œil, lorsque la substitute se leva pour prendre un dossier.

— Je vous donne jusqu'à lundi, annonça-t-elle. Afin que le commandant de Londaine puisse prendre ses marques. Mais on ne peut attendre plus. On nous taxerait de laxisme. Bonjour, Messieurs, je compte sur vous, M. le Directeur, pour me tenir au courant des avancées.

L'équipe invita Londaine à partager un kebab au *Carré d'Orient*, non loin de la boîte, mais il refusa, prétextant qu'il devait déjeuner avec sa fille, un peu perdue dans sa nouvelle vie. D'ailleurs, il avait presque envie de retrouver Elodée, de la regarder vivre, vider un verre de soda en s'essuyant la bouche comme un bébé, pour allumer ensuite une cibiche innommable avec des gestes pros. Puis il y renonça : s'il se pointait au lycée Louise Labbé, Dédée ne le lui pardonnerait jamais.

La brigade parut soulagée de son refus, et il n'échappa pas au commandant qu'ils attendirent sa sortie du bureau pour reprendre leur conversation.

Obéissant à il ne savait quelle impulsion, Ulrich fila vers Bron et passa devant sa maison, qui ressemblait à toutes celles qui l'entouraient, avec leurs tuiles brunes et leurs haies de lauriers-cerises. Il y avait plusieurs voitures mal stationnées à proximité, la porte du pavillon s'ouvrait et se refermait sur des femmes que Roxane accueillait dans de grandes exclamations. Que mijotait-elle ?

Il se gara et sonna à son tour. Roxane le contemplait bouche bée.

— On peut savoir la raison de ce remue-ménage ?

— Tu es de la police ? Ne reste pas là, entre ! Non, attends, la voisine est en plein essayage ! Une minute...

Une jambe gainée de nylon noir disparut dans l'entrebâillement d'une porte. Des amoncellements neigeux escamotaient le canapé du salon. Il y eut des rires et quelques piaillements.

— Tu peux venir !

Il y avait même des sous-vêtements accrochés à la télé, et, rassemblées autour de Roxane qui fit disparaître prestement des

billets dans son décolleté, une dizaine de jeunes femmes pimpantes.
 — Voilà ! Tu connais à présent mon nouveau job ! Vente de dessous chics à domicile ! Mesdames, mon mari, Ulrich, tenez-vous comme il faut, il est officier de police judiciaire. Et voici l'ambassadrice de la marque !
Il vit Volodia. Les bras chargés d'étoffes vaporeuses, elle raccompagnait dans le living une femme replète aux joues rouges, et qui rajustait son chemisier.
 — Chéri, voici Mme Lanarova, et son prénom est Volodia.
La jeune femme avait déposé les colifichets sur la table du salon, tirait discrètement sur sa robe, tendait la main.
 — Volodia, c'est un prénom de garçon, dit-il bêtement.
 — Les deux, mon capitaine, répondit l'interpellée en claquant des talons, et en esquissant un salut militaire.
 — Mon commandant ! corrigea Roxane.
Mme Lanarova eut un mouvement appréciateur du menton.
 — Vous êtes russe, Madame ?
 — Ukrainienne, voulez-vous voir mes papiers ?
Elle lui dédiait un sourire en dents de lait, il rit et lui serra si fort la main, qu'elle poussa un petit couinement de souris.

Plus tard, Ulrich se souvint avoir éprouvé alors une impression étrange : comme si l'air se bétonnait subitement autour d'eux, afin de ne laisser passer aucune onde parasite, de telle manière qu'ils fussent seuls au monde, Volodia et lui.
Mais, déshabitué du délire amoureux, il jugea ce prodige accidentel, ni sérieux, ni durable, et s'en détourna brusquement.

Bien plus tard, Ulrich médita que, sans dire pourquoi, le destin vous délivre un beau jour, — ou un jour calamiteux, allez savoir —, deux ou trois points de boni, qu'il prélève presque aussitôt sur votre capital chance, et ça change furieusement la donne.

Roxane était trop absorbée pour s'apercevoir de cet émoi. Ulrich grogna, mécontent de lui-même sans savoir pourquoi :

— Tu aurais tout de même pu prévenir !

— Mais chéri, Volodia est arrivée tout à l'heure sans crier gare, je l'ai rencontrée hier au Sofitel Bellecour, je voulais t'en parler, mais j'attendais le bon moment, les premières ventes, tout ça ... et puis, elle s'est pointée à neuf heures avec toutes ces merveilles ! Elle a un savoir-faire terrible ! Elle n'était pas là depuis une demi-heure, qu'elle rameutait déjà toutes les bonnes femmes du quartier !

Il gardait un air boudeur, prêtant l'oreille au chuintement du papier de soie enrobant les frivolités, et sans perdre rien du ballet gracieux des mains de Volodia dans les friselis de dentelle, des cheveux cendrés de Volodia voletant dans un rayon de soleil.
Roxane lui remit une boîte en plastique :

— Tu as déjeuné ? Tiens, c'est de l'andouillette lyonnaise, de la part de la voisine d'en face.

Puis elle l'embrassa sur la bouche et le poussa dehors, parce que c'était *le moment des guêpières, et que ça chiffrait un max.*
En retournant vers la rue Marius Berliet, Ulrich s'avisa que les feuilles viraient au roux de l'automne aussi tardivement qu'à Nîmes, et que l'itinéraire sous le soleil semblait moins rébarbatif que la veille. Il sourit en se remémorant toutes ces femmes affolées par les dessous, Roxane tout à son affaire, et se félicita qu'elle eût trouvé une occupation qui lui plût, lucrative de surcroît.
Il écarta comme une mouche importune, le souvenir précis de

Volodia et sa silhouette admirable.

Le talent de cordon bleu des lyonnaises n'était pas un vain mot : Ulrich regretta de n'avoir pas un morceau de pain, pour saucer dignement l'andouillette au vin blanc. Puis, en sirotant le café — buvable par miracle —, du distributeur, il se plongea dans les dossiers en cours.

On enquêtait sur deux décès, évoqués par Debard sur le chemin du palais. Une femme dans la cinquantaine gisant dans les bois de Parilly, une habituée, apparemment victime d'un arrêt cardiaque, mais dont les bras et le visage tuméfiés, et le sac à main retrouvé vide de tout ce qu'il contenait, avec le portefeuille vide également un peu plus loin, posaient au moins la question du vol avec brutalité. Sans parler de l'ourlet de sa robe, et la doublure de la veste, déchirés au cutter, fureur incompréhensible, si ce n'est d'un client pervers.

D'ailleurs, Debard prétendait que Redeven, bien renseigné décidément, et flairant la violence d'un psychopathe susceptible de terroriser à mort d'autres prostituées, revendiquait l'affaire.

Le second dossier concernait un incendie suspect dans le quartier de la Part-Dieu, avec une victime calcinée, dans un immeuble voué à la démolition, mais que certains locataires refusaient de quitter.

On avait retrouvé près du corps un bidon d'essence minérale fondu, et des déchets d'allumettes consumés, ingrédients d'une préméditation. Le capitaine Gentil, et les lieutenants Bassanian et Sathi menaient l'investigation réclamée par le parquet. Il n'y avait rien à redire sur leur rapport, complet, intelligent et méthodique.

Londaine se pencha avec attention sur la fiche de la prostituée de Parilly, Jocelyne Paroton, dite Baby Doll. Ses états de service s'agrémentaient vers la retraite, de quelques revenus du proxénétisme. Ulrich supputa qu'elle ne devait pas compter pour rien, dans la cohorte des agents de renseignement de Redeven, le capitaine des mœurs.

A coup sur, elle savait quelque chose sur les homicides des petites roumaines, — c'est ainsi que la brigade désignait les deux gamines retrouvées pendues —, et si ça se trouvait, c'était peut-être pour cela qu'on l'avait supprimée. Elle aussi. Londaine nota son adresse, et décida de s'y rendre avec le capitaine Gentil, bonne occasion de discuter sans témoins. Car, pour une raison à découvrir, qui avait à voir avec l'ancien commandant Julien Nemat, l'équipe lui faisait des cachotteries sur l'affaire de ces roumaines.

Il réfléchit que la première mission avec l'équipe s'était déroulée sans anicroche, et sans que les mâles de la horde aient tenté de marquer leur territoire, et par procuration, celui de l'ancien gérant. C'était presque louche.

Force était cependant de constater que la brigade faisait son boulot dans une parfaite autogestion : ils auraient aussi bien pu se passer de Londaine ! Mais la nervosité ambiante n'était pas une vue de l'esprit. Il régnait une sorte de fébrilité,. que ne détendait aucune plaisanterie foireuse, aucun rituel conjuratoire destiné à repousser chaque jour l'omniprésence du danger.

Avant de descendre pour retrouver Lazarus et se rendre sur l'incendie de la Part-Dieu, la capitaine s'offrit courtoisement à briefer Londaine sur les dossiers qu'il venait de parcourir. Dans un cas comme dans l'autre, on attendait les conclusions du laboratoire.

— A votre retour, j'aimerais que vous m'accompagniez chez Jocelyne Paroton.

— Où est le petit dealer ?

Lazarus et Franck Vilejo qui parlaient avec les mains, comme à Nîmes, s'interrompirent. Vilejo arborait un vrai look de curé des

Minguettes, banane, perfecto, badges et superposés, peigne dans la poche arrière du jean, rien n'y manquait. Même un crucifix à l'oreille. Il remisa promptement dans son étui à la cheville, un laguiole qui lui servait pour lors à se curer les ongles. Le cambouis des vieilles pétrolettes américaines est tenace.

— Il vient de partir, commandant. Tout est noté là.
— Rattrapez-le. Et les étudiants ?
— Ils débarquent à trois dans un peu moins d'une demi-heure.

Le gamin affichait l'air sage d'un enfant de chœur. Les keufs n'avaient rien contre lui, c'est ce qu'assurait Vilejo, qui avait grandi comme lui à Vaux, dans le quartier du Mas du Taureau. Il n'y avait qu'à attendre bien sagement que ça se passe, et en dire le moins possible.
Londaine à son bureau consultait un dossier, levant de temps à autre le nez de sa lecture pour fixer le petit jeune, qui de minute en minute, voyait avec inquiétude ses belles certitudes partir en brioche.

— Tu t'appelles Florian Abitbal, tu as dix-huit ans, et tu exerces une profession libérale.
— Euh ... je suis coiffeur. Ouvrier. Enfin, pas tout à fait : perfectionnant, c'est presque pareil.
— Et tu fais aussi commerce de parapharmacie, si j'ai tout compris. Artisan et commerçant, c'est bien ça ?
— Comment ?

Florian roulait des yeux ronds. Ce nouveau commissaire parlait bizarrement. D'où il sortait, ce gus ? Rien à voir avec Nemat, un brave type qui ne lui avait jamais cherché des poux dans la tête. Et pourtant, il aurait pu, facile.

— Je remplace l'ancien commandant, je m'appelle Londaine.

En plus, il lisait dans les pensées !

— J'ai tout dit aux lieutenants ! glapit Florian. Ils m'ont fouillé ! je suis clean !

— Cette fille, tu la connaissais ?

— Non.

— Tu faisais quoi, à quatre heures du mat', dans ce quartier ?

— D'abord, j'y étais à cinq, pas à quatre. Je rentrais de boîte.

— Comment elle s'appelle, cette boîte ?

— le *Pao Ning*, rue Renan.

— Et après ?

— Ben, quand j'ai débouché dans la petite rue Bèchevilain, — oui, parce que, dans cette ruelle, je saute par-dessus un muret, ça me coupe pour prendre la rue Pasteur, et ensuite, je traverse le Pont de l'Université, et après, je suis vite dans la Presqu'Ile ...

— Qu'est-ce que tu as vu, rue Bèchevilain ?

— J'ai ... j'ai vu quelqu'un étendu sur le trottoir ... et une autre personne à côté. Je me suis planqué.

— Réflexe professionnel ?

— Le quartier n'est pas sûr, quand il fait encore nuit.

— Mais que fait la police ! Et après ?

— J'ai un peu regardé... La forme par terre ne bougeait pas. L'autre s'est penchée dessus, comme si elle voulait lui tirer ses fafs, vous voyez, ou ... l'embrasser, je sais pas ! Puis elle a levé la tête, il y eu du bruit, le tabac ouvrait, je crois, et elle s'est cassée en courant vers la rue de Marseille.

— Tu dis « elle ». C'était une femme ?

— Non, je dis « elle », je veux dire : la personne. Je ne pourrais pas dire si c'était un homme ou une femme. Ça portait des pantalons, des jeans, peut-être, pas très grand, plutôt mince, peut-être des cheveux longs, mais ce n'est pas sûr.

— Il ou elle a dit quelque chose ?

— Non... Pas que je me souvienne. Et puis, je n'étais pas si près que ça ! Et puis... j'ai compris qu'il y avait un os.

— Ça ne t'est pas venu à l'idée que celui qui s'enfuyait venait de dessouder l'autre ?

— Ben, en fait, non ... Je vous dis, j'ai cru qu'il l'embrassait. Mais bon, comme j'avais un peu bu ...

— Le tabac ouvrait. Tu crois qu'il aurait vu quelque chose ?

— Faut lui demander. Mais je pense que non, parce qu'il y a un rideau de fer, et qu'il est long à se relever, je veux dire, le rideau de fer. Quand je rentre de boîte, et que j'ai plus de sèches, ça me gonfle d'attendre des plombes que le vieux ait fini d'ouvrir.

Londaine le dévisageait de derrière ses verres cerclés. Florian se demandait ce que serait leur collaboration. Parce que c'était sûr que le nouveau boss des poulets allait lui demander des services.

— Ça va, tu peux partir. Tu habites toujours à la même adresse ? Rue du Major Martin, dans le Ier ?

— Oui, commandant.

— Qu'est-ce que tu fichais si lon de chez toi ? Il n'y en a pas des boîtes, dans le premier ?

— Je vous l'ai dit, je vais souvent au *Pao Ning*, et aussi au *Lambet's walk,* à la Guill'. J'aime bien danser.

— Ce n'est pas un peu sérieux pour un gars de ton âge, un dancing ? Tu arrives à te faire des filles, dans un truc pareil ?

— Ben ... Je vous dis : j'aime bien danser. Et je vais aussi dans Chinatown, c'est pas très loin, le *Pao Ning*, dans une impasse qui donne dans la rue Basse Combalot.

— Oui, j'ai compris : le *Pao Ning*... Abitbal !

L'autre se retourna, inquiet.

— Ouvre un salon, si tu veux un conseil. Et contente-toi de vendre de la poudre à décolorer les mémères.

Florian opina, à tout hasard, et ouvrit la porte.

— Abitbal !

Le garçon s'immobilisa.

— Pourquoi es-tu resté à attendre les flics, hier matin ?

Florian se troubla.

— J'en ... J'en sais rien, commandant ... Vous savez, après une nuit en boîte, on est un peu dans le fog...

Le jeune dealer se retrouva dans la rue, en nage, les oreilles bourdonnantes. Il se dit qu'il n'en avait pas fini avec cet aristo tatillon.

— Lieutenant Vilejo, vous connaissez le *Lambet's Walk* et le *Pao Ning* ?

— Ce sont les chasses gardées d'Abitbal, à ce qu'il raconte. Le *Lambet's* pour les dames, et le *Pao* pour les p'tits jeunes. Parce qu'occasionnellement, monsieur est danseur mondain.

— Si quelqu'un n'a rien à faire, qu'il aille demander si on a vu Abitbal dans ces lieux de perdition, dans la soirée de dimanche, et aux premières heures de lundi.

— Je crois que Bassanian a fini son goûter, émit Lazarus. Il pourrait s'y coller.

— Quand les carabins seront là, rafraîchissez-leur les idées, et s'ils souffrent d'amnésie, rappelez-leur qu'ils vont prononcer le serment d'Hippocrate. Et que non assistance à personne en danger, ça va chercher aussi loin que leur cursus.

— On n'y manquera pas, commandant.

La Citroën traversa le Pont Churchill sur le Rhône et prit allègrement la Montée de la Boucle. Les vénérables immeubles étagés enchâssant la vieille route, à l'époque où Londaine fréquentait l'école de police de Caluire, faisaient place à présent à de vertigineuses structures de béton, choc visuel, malgré l'effort de fleurissement.

— Tout va bien, Mme Gentil ?

La jeune femme tourna très vite vers lui de grands yeux limpides :

— Tout va bien, merci commandant. Mais ... Vous pouvez m'appeler Jolène.

— Va pour Jolène. Jolène, veillez à ce que rien ne soit lâché aux mœurs, de notre petite balade. Il est là depuis longtemps, le capitaine Redeven ?

— Deux ans, peut-être un peu plus. En fait, il remplace le commandant des proxos, qui a eu les deux jambes cassées en mission.

— Les deux jambes cassées ?

— Et aussi, un traumatisme crânien qui lui occasionne des pertes de mémoire. Une bagarre sur un flag qui a mal tourné : les réseaux ne rigolent pas, comme vous savez. C'est dommage, ça passait bien, avec lui. Et il s'entendait très bien aussi avec Julien, je veux dire ... le commandant Nemat.

— Eh bien dites-moi, la fonction est particulièrement périlleuse, par ici !

Il pensa à Roxane, qui le croyait rangé des voitures. Sereine à son volant, Jolène Gentil arborait un beau visage insondable. Ulrich se demanda si la capitaine entretenait quelque liaison, au 40, rue Marius Berliet. Le matin, dans la voiture, elle avait évoqué à voix basse, avec Karim Sathi, la garde de ses gosses. Divorcée, à problèmes. Mais qui n'en avait pas, chez les flics ?

Et les problèmes, c'était la porte ouverte à tous les arrangements pour faire rouler la machine, même les plus calamiteux...
Il observait à la dérobée la conductrice, les épaules un peu voûtées, les lèvres serrées, ses épais cheveux blonds sévèrement tirés. Le commandant Ulrich de Londaine se dit que tout n'allait pas si bien que ça, chez le capitaine Gentil.
Et si les flics, la magistrature et les malfrats s'accordaient à reconnaître au moins une qualité au capitaine Ulrich de Londaine, à Nîmes, et même dans tout le Sud, c'était bien son flair.

Au feu rouge, Ulrich se lança :
—Écoutez, je viens d'arriver, et je trouve votre méfiance légitime. Ce qui vous liait à mon prédécesseur ne me regarde pas. Mais j'apprends pas le directeur adjoint que Nemat est salement touché. Son départ semble entouré d'une sorte de tabou. Les Mœurs paraissent on ne peu plus pressés de reprendre l'enquête des petites roumaines. Nemat ne croyait pas aux suicides, et après sa mutation, votre brigade a repris l'investigation à son compte. Le Procureur veut des résultats rapides, et somme toute, appuie la thèse de Nemat. Votre entêtement me paraît justifié, et si vous avez besoin de mon soutien, vous l'avez. Je ne connais personne ici, et je ne roule avec, et pour personne. Si vous m'en disiez un peu plus ?

4

Grande rue de la Croix-Rousse, la capitaine prit à gauche pour s'engager dans un tortis de petites rues qui s'accrochaient au passé. Jolène Gentil trouva à se garer tant bien que mal au pied d'une vieille bâtisse de canuts qui abritait un bouquiniste et un bouchon minuscule dont les relents de gras double investissaient toute la rue.

— De toutes façons, on voulait vous prévenir, commença-t-elle dans un soupir. La version de « l'accident » de Julien Nemat, mon ex-mari, portant secours, mais trop tard, au suicidé Marc Lorgot, a été arrangée par *le Gatto*. C'est un sacré mec, vous savez ? Pour que mes enfants puissent bénéficier de la pension. Parce qu'en fait, lorsque c'est arrivé, Nemat n'était pas en service. Et tout ça parce que ... Il voyait une femme.
Elle baissa la tête, passa un doigt sous son nez.

— Voilà. En fait, Julien et moi n'avons plus en commun que nos enfants.
Jolène ouvrit la portière, et Ulrich crut qu'il n'en apprendrait pas plus ce jour-là.

Dans le couloir qui sentait le pipi de chat, ils cherchèrent la boîte à lettres de Jocelyne Paroton. Ils grimpèrent dans le noir, sans bruit, en évitant la rampe poisseuse. Depuis le palier du second, on entendait un pépiement discret d'oiseaux en cage.

La porte était entrebâillée. Gentil dégaina, et collée au mur, bras tendus, poussa doucement le battant. Mais le studio, réduit à sa plus simple expression, avec un évier et une douche masqués par des rideaux de plastique, ne permettait guère de dissimuler une présence malveillante.

Des nippes un peu partout, une perruque blonde sur une marotte ancienne, un couvre-pied de peluche criarde. Une cage avec deux canaris jaunes qui s'effrayèrent de cette intrusion.

Ulrich et Jolène se partagèrent des gants de latex. Les tiroirs mal refermés d'une commode et les sous-vêtements en vrac, la porte ouverte de la table de nuit, révélaient une fouille récente, dérangée peut-être par l'arrivée des policiers.

Jacqueline Paroton habitait le dernier étage. On accédait au grenier par une trappe bien close dans le plafond du corridor. Londaine chercha d'éventuelles empreintes dans la poussière du plancher, contre les murs grisâtres, qui eussent trahi une visite indélicate, et son brusque repli vers les toits. Mais il semblait plutôt que le fouineur fût descendu par l'escalier.

Chassé sans doute par un spécimen de la faune invisible de l'immeuble, que Londaine devinait l'oreille prudemment plaquée contre les portes bien closes, au passage des deux officiers de police. Une population avide de tout, bien renseignée, et qui s'était servie, peut-être, en apprenant le décès de Baby Doll.

Le parquet n'avait pas encore ordonné d'autopsie, le médecin appelé sur le lieu du décès ayant conclu à un arrêt cardiaque. Et sans nouvel élément suspect émanant du laboratoire, Baby Doll rejoindrait la fosse commune, personne n'ayant réclamé son corps.

Pourquoi se serait-on alors gêné de s'octroyer son maigre avoir, si personne ne jugeait judicieux de fouiner officiellement dans sa vie, ou plutôt dans sa mort ?

— Nemat voyait une femme, reprit brusquement Jolène, en faisant glisser des fripes pailletées sur une tringle.

Puis elle se livra en vrac, d'une voix que l'émotion essoufflait :

— Et cette femme était aussi la maîtresse d'un lieutenant des mœurs, Marc Lorgot. Elle faisait partie d'un réseau de roumains, d'escroquerie sur le web, doublé de ballets roses. On pense que Lorgot en palpait. C'est en remontant jusqu'à lui que Nemat est tombé raide dingue de cette femme. On a retrouvé le corps du lieutenant chez lui, dans le Ier, vers la rue des Remparts d'Ainay. Un flic de son grade ne peut pas se payer un appart' dans ce quartier. Et pourtant ... Il était pendu à une poutre apparente, et Nemat gisait sur le parquet, le crâne défoncé, laissé pour mort. On n'en sait pas plus.

— Et c'est cette femme qui aurait découvert les deux hommes et donné l'alerte ?

— Non ! C'est le commandant des Moeurs, Gisteau, qui venait prendre des nouvelles de Marc Lorgot.

— Gisteau ... Celui aux jambes cassées ?

— Oui, enfin, ce soir-là, il était encore tout à fait véloce. On pense que Nemat est venu voir Lorgot chez lui pour s'expliquer sur la femme. Ils se seraient battus. Lorgot aurait assommé Nemat, et le croyant mort, aurait tenté de mettre fin à ses jours. Quelqu'un l'en aurait empêché, mais finalement, il y serait parvenu. Voilà tout ce qu'on a pu déduire.

Ulrich promenait sa main sur les lattes disjointes du parquet, contre les renflements de la tapisserie. Gentil inspectait le matelas et les oreillers.

— Par la suite, *le Gatto* s'est arrangé avec Gisteau, ils ont ficelé cette histoire, et ... J'ai témoigné que Lorgot et Nemat étaient super copains, et que Lorgot avait depuis quelques temps des idées suicidaires. L'honneur des flics est sauf.

Sa voix se cassa. Elle entreprit de fouiller fébrilement le courrier, entassé sur une travailleuse. Des factures, des prospectus de supermarchés.

— Il n'y a ni carnet, ni répertoire. On n'est pas les premiers.
Puis :
— Je ne sais pas si j'ai raison de vous raconter tout ça, proféra-t-elle sans le regarder.
— Les boeufs carottes ont marché ?
— Il y avait plusieurs empreintes sur la bouteille qui a servi à assommer Nemat, notamment celles du lieutenant Lorgot. Plusieurs coups, portés très violemment. Evidemment, aucun témoin de la scène ne s'est manifesté. Et à l'heure du drame, tous les occupants de l'immeuble étaient au travail, hormis la voisine âgée de Lorgot.
— Et la femme ?
— En fait, personne ne la connaît. Même pas une photo de cette fille, rien ! Je me suis même demandé un temps si elle existait vraiment, et si Lorgot et Julien ... La vieille voisine de Lorgot aurait bien aperçu par l'œilleton, une jeune femme au longs cheveux bruns, asiatique peut-être, mais on n'a rien trouvé de plus. Nemat ne m'en a jamais rien dit, hormis qu'il était amoureux, et qu'il voulait refaire sa vie avec elle.
— Redeven est au courant de tout ça ?
— Bien sûr. Il dit partout que Nemat voulait la peau de Lorgot, parce qu'il ne voulait plus partager les faveurs de sa maîtresse. D'ailleurs, Julien ne portait pas Redeven dans son cœur. Et puis, il voulait rassembler toutes les preuves des homicides sur les petites roumaines, avant de tout balancer. Redeven le harcelait pour qu'il ne le fasse pas, disant que ça détruirait des mois de boulot de certains de ses hommes, infiltrés dans les milieux. Son perpétuel argument, vous connaissez ...

— Qu'est-ce que vous avez au juste, comme preuves, sur les crimes des roumaines ? Nemat vous a-t-il confié des pistes tangibles ?

— Il n'en a pas eu le temps. J'ai cherché partout, à la boîte, chez nous, mais rien ! J'ai tenté de parlementer avec les hommes de Redeven, mais c'est l'omerta. Ils ont des ordres de ne rien laisser filtrer. D'un autre côté, ils nous surveillent sans arrêt, ça veut dire qu'ils n'en savent guère plus que nous, si ça se trouve ?

Londaine jeta un dernier regard circulaire.

— Je crains que Baby Doll ne nous soit pas d'un grand secours. Allons-y, Gentil.

— J'emporte les canaris, décréta le capitaine. Ma fille me tanne pour en avoir. Ils n'y sont pour rien les pauvres ! Inutile de les laisser crever là !

Elle grattait dans une boîte à sucre, faisait crépiter entre ses doigts des boutons dépareillés, des jarretelles hors d'âge, des petits sous, quelques figurines en plomb.

— Ni photos, ni bouts de papier ...

— Vous avez raison, quelqu'un nous a précédés et a tout emporté. Nettoyage par le vide ...

La capitaine inventoria le frigo, vida la glaciaire. Dans la porte, deux bouteilles de vin blanc de cuisine à demi-entamées.

Ils demeurèrent un moment silencieux, écoutant les borborygmes et les craquements de la vieille bâtisse. Au début du siècle, le « *bistanclaque* », le bruit assourdissant des métiers Jacquard, en ébranlait les murs. Maintenant, les occupants de la baraque travaillaient au-dehors, et surtout la nuit, pour de petits gagne-pain moins avouables.

Au mur, près du lit, la *Maja Desnuda* découpée dans un catalogue, voisinait avec un sous-verre abritant le long nez miséricordieux de

Jean-Marie Vianney, le Curé d'Ars, souriant parmi des paillettes très kitsch.

— Baby Doll était pieuse !

— Marie-Madeleine aussi.

Jolène décrocha l'icône avec précaution :

— Mon arrière-grand-mère avait des trucs comme ça. Elle y tenait comme à la prunelle de ses yeux. Il y a un mot au crayon, sur le carton, au dos :

« *Depuis le temps que tu le voulais... Qu'il te protège ! Irène, Les P. du canal, 12-08-06* » Sur ce coup-là, ça n'a pas marché ! Le saint homme devait bosser ailleurs ...

— Les P. du Canal ? Il s'agirait de ses copines de turbin ?

La capitaine s'esclaffa :

— Je ne crois pas, commandant ! Je pense qu'il s'agit des *Puces du Canal :* un rassemblement de brocs, à Villeurbanne. Baby Doll devait y avoir une amie.

— Embarquez toujours, on ne sait jamais.

Dans la table de nuit, il y avait tout l'attirail hygiénique d'une professionnelle, et sur le dessus en marbre, un roman policier, un réveil de voyage, une pince à linge, et un paquet de biscuits ouvert, mais pas entamé.

— Ça, c'est bizarre.

— Quoi donc ?

— Les biscuits. Quand ma femme entame un paquet de biscuits la nuit, elle en mange immanquablement la moitié. Elle grignote comme une souris, c'est insupportable. Et vous ?

— Euh, je ne mange jamais la nuit. Mais il me semble bien que si je mangeais des biscuits, je me taperais tout le paquet !

Londaine palpa l'emballage, extirpa délicatement deux piles de sablés de leur gangue de carton. Puis, à l'aide de son stylo, il en retira un objet inattendu : un porte-clés auquel pendait un minuscule lapin en peluche d'un jaune passé.

— M... alors ! murmura Gentil.

— Comme vous dites. On peut difficilement parler de coïncidence !

— Alors, nous tenons de quoi relancer l'enquête, commandant !

Jolène vibrait d'espoir.

— Ça va être difficile à faire avaler à la hiérarchie. Pas d'emballement, capitaine.

— Mais ... Ça ressemble à un jeu de piste, vous ne trouvez pas ? On dirait que quelqu'un a laissé des cailloux, comme le Petit Poucet...

— Mais il se peut que des importateurs aient inondé tout Lyon de ces machins, à une époque.

— Et pourquoi Baby Doll aurait-elle planqué cette bestiole dans un paquet de biscuits ?

La capitaine déposa Ulrich au laboratoire de police où l'attendait le responsable, le Dr Martin Ladvit. Rien de bien probant à l'étude des cellules épithéliales relevées sous les ongles de la jeune femme tombée du toit, et des prélèvements sur ses vêtements. Aucune empreinte, aucune trace d'ADN, ne correspondait à un élément des fichiers. Idem pour les échantillons récoltés sur le toit de l'immeuble d'où la gamine était censée s'être jetée.

— Et le lapin rose ?

— Le... Ah ! Oui ! Des traces, mais nombreuses et inutilisables. Fabriqué en Corée du Nord dans les années quatre-vingts. Maintenant, il serait impropre à la vente. La peluche et les colorants utilisés sont prohibés.

Londaine attendit qu'ils fussent seuls, et tira de sa poche le porte-clés au lapin jaune, enveloppé d'un sac plastique.

— Ce serait possible, de faire parler son frère ...

Martin Ladvit haussa les sourcils :

— Je l'ai trouvé ailleurs ... énonça Londaine.

— Ça va ...

Le Dr Ladvit comprenait vite :

— Je vous tiens au courant.

Au café du coin, Jolène Gentil prenait un croque-monsieur. Elle repoussa son assiette, et posa un prospectus sous plastique sur le coin de la table.

— Regardez ..

— Qu'est-ce que c'est ?

— Il recouvrait le fond de la cage des canaris. C'est un prospectus d'une station balnéaire, rédigé dans une langue étrangère. Je n'ai pas eu le temps d'approfondir, mais voyez là, dans ce coin : un numéro et un nom. 325, Centaurus. Et en dessous, une date : 22 10.

— Ça pourrait être un rendez-vous donné par un client dans un hôtel, le numéro de la chambre et la date. Baby Doll l'aura noté là-dessus parce que c'est tout ce qu'elle avait sous la main. Mais je doute que Jocelyne Paroton exerçait dans ce type d'hôtel.

— Vous pensez que ça vaut le coup d'aller voir ?

— Pourquoi pas ? Ce serait extraordinaire que les deux lapins porte-clés soient découverts sur le lieu d'un crime, et chez une victime d'un meurtre, à un jour d'intervalle, de manière fortuite. Le Dr Ladvit veut bien s'occuper de leur cas. Cela dit, ces babioles ont été vendues par milliers dans les années quatre-vingts. Mais la coïncidence est assez troublante pour qu'on en tire des conclusions. Faites voir ce papelard ...

Rédigée en anglais, en français et en caractères cyrilliques, la plaquette vantait, à grand renfort de clichés multicolores, les mérites d'une station balnéaire sur la mer noire. Il s'agissait de Sotchi, candidate aux jeux olympiques d'hiver en 2014.

L'espace de quelques secondes, Ulrich revit les cheveux de lin de la belle Volodia. Etait-elle revenue chez les Londaine, ou bien quadrillait-elle Lyon et la région, afin de recruter d'autres vendeuses en lingerie ?

Comme la veille, il chassa l'image importune.

— Qu'est-ce qu'on fait ? demandait Jolène.

Elle l'observait attentivement. Avait-il rêvé longtemps ?

— Vos hommes, vous en êtes sûre ? Il ne faut pas que Redeven soit mis au courant

— Mais si on arrive à prouver le lien entre le meurtre de Jocelyne Paroton et ceux des petites roumaines, on lui coupera l'herbe sous les pieds !

— Le procureur n'a pas demandé d'autopsie dans le cas de Baby Doll. Arrêt cardiaque. La fait qu'on ait dérobé ses papiers et son argent, et même les hématomes qu'elle portait sur le corps ne permettent pas de conclure à un meurtre. Nous sommes censés mettre toutes nos forces dans l'élucidation des crimes des gamines. La substitute Lamour a été claire. On va tenter d'apporter la preuve de ce lien, mais il faut le faire discrètement, et vite, vous comprenez ? Alors, pensez-vous qu'on puisse compter sur les hommes ?

— Je m'en porte garante. On travaille ensemble depuis plus de trois ans, et aucun ne m'a manquée !

— Et vous, Jolène ?

Elle sursauta. Il posa sa main sur la sienne :

— Pardon. Je voulais dire ... Je pense que vous voulez savoir ce qui est arrivé réellement au commandant Nemat. Après tout, vous ne me connaissez pas, et vous ne me devez rien...

Elle but une gorgée de bière, essuya sa bouche d'un revers de main, et le visage fixé sur la rue, où le vent de sud soulevait des bataillons de feuilles :

— Nemat a peut-être fait des conneries, il n'y avait plus rien entre nous, mais c'était un bon flic, au moins jusqu'à ces derniers temps. Et il restera toujours le père de mes enfants. Je veux qu'ils en soient fiers, l'enquête sera officieuse. Et je ne veux pas non plus que mes gamins aient à rougir de leur mère !

Vers cinq heures, comme Londaine revenait de la rue Servient où l'on avait découvert le cadavre calciné, son portable de fonction sonna.

— Commandant, je suis au Centaurus de Perrache, avec Lazarus.

— Alors, capitaine, vous avez découvert qui est l'occupant de la chambre ?

— Eh bien... On ne connaît pas encore son identité. On pense qu'il fait partie de la délégation russe venue étudier le savoir-faire des Rhône-Alpins pour l'organisation des jeux olympiques de Sotchi, en 2014.

— Attendez, Gentil. Je croyais avoir été clair. Je ne vous demandais pas de vous rencarder ouvertement ...

— On n'a pas eu le choix, commandant ! On est arrivé devant la chambre 325 en même temps que le garçon d'étage. Heureusement, sinon, il allait ameuter tout l'hôtel ! Le client

baignait dans son sang, égorgé avec son rasoir ! Vous croyez au suicide, patron ?
Londaine nota avec satisfaction que Jolène Gentil l'avait appelé « patron ».

Il fallait une autre victime pour avancer vers la vérité ! Cette mort du Centaurus, au 325, où Jocelyne Paroton devait se rendre, ne pouvait être encore une coïncidence ! Le suicide au rasoir paraissait improbable.
« Restait à trouver le mobile ... »
Si on parvenait à déterminer le lien entre les meurtre de Baby Doll et ceux des petites roumaines, ce troisième homicide suggérait que ces crimes étaient prémédités. Le ou les assassins commettaient donc une erreur fatale.
Et comment l'instigateur des assassinats aurait-il pu imaginer que Baby Doll guiderait les flics sur le chemin du tueur, par-delà la mort ... par le truchement d'un malingre lapin jaune ... et d'une publicité pour les jeux olympiques !

Ensuite, si on requalifiait les suicides des gamines, et le décès « naturel » de Baby Doll en homicides, les réseaux tomberaient pour assassinat, et plus seulement, si l'on peut dire, pour proxénétisme, violence physique et morale, pour ne citer que ces chefs d'accusation. Refusant de plonger seuls, les exécuteurs des basses œuvres donneraient quelques caïds, ou au moins, leurs éminences grises.
On apprendrait fatalement l'identité de la mystérieuse femme dont Nemat était fou, car au jeu de *« c'est pas moi, c'est l'autre »*, les langues se délient, et en recoupant le blabla des uns et des autres,

on finirait par comprendre le sort réservé à Julien Nemat et Marc Lorgot, dans l'appartement de ce dernier.

Cerise sur ce gâteau empoisonné, Jolène Gentil ne serait plus dévorée par l'incertitude.

Londaine ne cessait de se demander pourquoi Redeven refusait de saisir tout le bénéfice de laisser enquêter la criminelle, et son acharnement à lui mettre des bâtons dans les roues. La crim' saurait partager les lauriers.

Mais il y en a comme ça, qui préfèrent se la jouer perso. L'ambition sans doute, la course aux résultats, aux statistiques. Il est vrai que les places étaient chères, et que les ministères adoraient se mettre des chiffres sous la dent, surtout en période préélectorale.

Cherchant à stationner au plus près du Centaurus, Londaine râlait contre le trafic. Mais aussi en supputant que si la délégation russe était impliquée dans une organisation criminelle, on était *grave* dans les embêtements, comme aurait dit Dédée.

Et puis, la délégation russe l'amena immanquablement à Volodia, ses yeux transparents comme du verre de Murano, sous le trait précis d'eye-liner au ras des longs cils.

Un petit tortis joyeux monta de ses tripes, une impulsion de vie, peut-être, avant de retrouver la mort. Et cette fois-ci, Ulrich ne repoussa ni l'évocation plaisante, ni la sensation qui ne l'était pas moins.

5

— On prévient le parquet, patron ?
— Il faut d'abord voir ce qu'il en est, avant de provoquer un tsunami. Cuisinez l'homme aux clés d'or, à la réception, et demandez, mais vraiment très discrètement, s'il y a des rendez-vous galants prévus pour les russes.
— Est-ce qu'on montre la photo de Baby Doll au concierge ? En ce cas, j'appelle la boîte pour qu'on m'envoie un portrait sur mon mobile.
— Attendez ... Inutile de fournir des éléments à la concurrence ...

L'homme en costume sombre gisait, la gorge béante : on comprenait aisément l'abattement du garçon d'étage, prostré dans un fauteuil près de la porte, les yeux rivés à la belle moquette marron glacé définitivement gâtée.
— Monsieur, je vois que le frigo est plein. Quand l'avez-vous regarni ?
— Hier soir, à six heures comme tous les autres, M. le commissaire.
— L'occupant de la chambre était là ?
— Non. Je ne l'avais encore jamais rencontré.
— Lieutenant, dites au responsable de la délégation russe de m'attendre en bas. Et raccompagnez monsieur. Lazarus emmena le commis d'étage avec des précautions de nurse.

Londaine et la capitaine Gentil se hâtèrent de prendre la température de la chambre, avant que le bruit ne coure tout l'hôtel, déborde dans la rue, et que le parquet ne rapplique, suivi d'une escouade de journalistes.

Ils explorèrent le lit, la commode, le dressing et la salle d'eau. Dans la poche intérieure d'un sac de voyage, un passeport russe, au nom de Vladimir Sorosko, résidant à Krasnadar, dans le Caucase du Nord.

Dans l'armoire, un pardessus correct de marque italienne, peu de rechange dans les tiroirs, étonnant pour un assez long séjour à l'étranger, — peut-être le défunt prévoyait-il de renouveler sa garde-robe à cette occasion —, un portefeuille sans rien de vraiment personnel hormis le passeport, des roubles russes, quelques francs suisses et des euros en honnête quantité.

Rien de cohérent. Londaine s'immobilisa dos tourné à la fenêtre, pour s'imprégner, recréer les évènements dans le silence.

— On n'a pas touché au fric …

Gentil manipulait les objets du dressing, inventoriait la table et la valise avec de grands soupirs :

— Pas d'ordinateur, pas de dossiers !

— La lunette de WC rabattue, proféra soudain Londaine. Et ce parfum, qui traîne partout, vous sentez ?

La capitaine leva la tête.

— Non.

— Un bon parfum, l'odeur du luxe. Calèche d'Hermès. Roxane, — c'est ma femme —, économise pour avoir le flacon collector de 2000 ml. Je serais étonné qu'une Jocelyne Paroton s'offre autre chose que des fragrances bon marché.

Dans le couloir, une femme de ménage astiquait frénétiquement les appliques. Elle redoubla de courage quand les deux policiers passèrent à sa hauteur. Londaine revint sur ses pas :

— Vous avez vu l'occupant du 325 ?

L'employée se tourna à demi vers la porte fatidique. Elle secoua la tête, triturant son chiffon.

— Oui, monsieur. Avant-hier soir, vers huit heures. Quand les personnes russes sont arrivées. Enfin, la 325 est rentrée plus tard que les autres, parce que je me souviens que je n'avais pas fini d'apporter le linge de toilette à la 325, la 326, et la 327. Tous les voyageurs s'installaient, mais il n'y avait encore personne à la 325. Et puis, on m'a appelée ailleurs, et après, je me suis souvenue que j'avais oublié la 325. Je me suis dépêchée de revenir, et à peine j'étais ressortie de la chambre, j'arrivais au bout du couloir, c'est alors que j'ai vu le monsieur qui entrait dans sa chambre, au 325. J'ai eu chaud ! Mais aussi, quand il arrive des groupes comme ça, il faudrait être de partout ! Heureusement, il portait ses bagages, c'est ça qui a dû le ralentir.

— L'occupant de la 325 est arrivé après les autres ? En portant ses bagages ?

— C'est ce que je dis.

— Ça vous ennuierait, madame, de me dire si l'homme étendu dans la chambre est bien celui que vous avez vu y pénétrer l'autre soir ? Jolène, dites à Lazarus de faire monter le responsable du groupe, s'il vous plaît.

Londaine entraîna la femme de ménage à l'écart, et un étrange conciliabule s'engagea. Comme elle allait entrer dans l'ascenseur, Jolène vit quelques billets passer prestement des mains du commandant à celles de l'employée.

« *Monseigneur* », comme le surnommait Bassanian, constituait son réseau.

Il se produisit ce que Londaine avait prévu. Quand Mme Gratoviska, responsable de la délégation de Sotchi, se pencha, effarée, la main sur sa plantureuse poitrine, au-dessus de la dépouille de Vladimir Sorosko, elle ne le reconnut pas. De fait, Ulrich s'était avisé de ce que la photographie du passeport ne présentait que de faibles similitudes avec l'original.

Mais allez vous fier à une photo de passeport !

— Connaissez-vous bien Vladimir Sorosko ?

— Si je le connais ! C'est le sous-secrétaire adjoint délégué à l'évacuation des constructions parasites pour la commune de Bélia Je vous assure que ce malheureux n'est pas le délégué Sorosko. Dieu en soit loué ! Enfin, je veux dire ...

— Oui, nous comprenons. M. Sorosko ne vous accompagnait donc pas dans votre voyage en Europe ?

— Il s'est décommandé au dernier moment : un problème familial.

— Comment se fait-il qu'on ait retenu une chambre à son nom ?

Mme Gratoviska se tordait les mains, gonflait ses bajoues :

— Melle Amasimova, — c'est mon assistante —, a dû oublier de rayer son nom sur la liste communiquée à l'hôtel.

— Je vois. Ce serait bien qu'elle nous le confirme. Et cet homme-là, l'avez-vous déjà vu ?

Mme Gratoviska observa quelques secondes le visage cireux dépassant de la toile, et eut un mouvement de dénégation.

— Je ne sais ce qui a pu se passer ...

— Chère madame, avez-vous dans votre délégation, une femme brune à longs cheveux ? Plutôt jeune, et plutôt jolie ?

Jolène sursauta.

La polyglotte madame Gratoviska frétilla de toute sa silhouette replète :

— Non, M. le commissaire. Hormis Natacha Amasimova, qui porte courts ses cheveux gris, et votre servante, qui s'attache à retrouver le roux de sa jeunesse, tous nos délégués sont des hommes. Je dois vous confier que je m'inquiète terriblement pour le « vrai » délégué Sorosko. Sa vie serait-elle en danger ?

— Rien ne le démontre précisément.

— Quelqu'un a tout de même usurpé son identité. Et voyez le résultat ! Les Jeux Olympiques sont un enjeu de taille ! Dois-je craindre pour les autres membres de la délégation ?

« *Non ... S'ils sont blancs comme les neiges éternelles du Caucase ...* »

— Nous allons renforcer la sécurité de l'hôtel. Des hommes en civil vous accompagneront.

Mme Gratoviska blêmissait à vue d'œil. Le beau voyage en Europe tournait à l'amer.

La scientifique s'affaira, et une fois de plus, le commandant Londaine put admirer le brio et la plastique de la Substitute Lamour, escortée du médecin légiste.

— Vous n'avez rien à me dire ? s'enquit-elle, en plantant ses yeux clairs dans ceux de Londaine.

— Pas pour le moment, Mme le Substitut.

— Très bien, mais ne jouez pas avec ma patience. Je vais appeler le Directeur interrégional : je ne veux pas de souci avec la Préfecture !

Mme Gratoviska débaula dans le hall et leur barra la route :

— Vlad Sorosko est chez sa grand-tante en Crimée, et dans une forme tout à fait parfaite.

— Lui avez-vous parlé du meurtre ?

— Heu ... Il a bien fallu... La police locale va se charger de sa sécurité. C'est que ... Vladimir ne se fait pas que des amis ces temps-ci ...

— Vous feriez un parfait officier de police, Mme Gratoviska. En quoi consiste son travail ?

La déléguée se rengorgea, et mise en confiance :

— Il est nécessaire de raser certaines constructions gênantes, pour l'aménagement des futures pistes de slalom On se heurte souvent à l'incompréhension des populations qui ne saisissent pas toujours tout le poids économique des Jeux, pour notre patrie. Il faut savoir quelquefois sacrifier le particulier au général et ... En outre, ma secrétaire a bien biffé le nom sur la liste des congressistes, mais la direction est passée outre, et a néanmoins retenu une chambre pour Vlad Sorosko. Il serait peut-être souhaitable de demander des explications auprès de qui s'occupe des réservations.

Mme Gratoviska roulait des yeux terribles.

— Nous nous en chargerons. Merci mille fois pour votre collaboration.

— Staline pas mort ... maugréa Jolène en regagnant la voiture. Puis soudain :

— Les mœurs sont déjà là, commandant ... J'ai repéré un homme de Redeven

— C'est ce que je craignais. Ils ont certainement de la *famille* dans le quartier. Les nouvelles vont vite...

— La femme brune ... C'est l'employée d'étage qui vous en a parlé ?

— En quelque sorte ... Cette brave dame a fini par confesser avoir vu une femme aux longs cheveux bruns très brillants, à lunettes noires et tailleur chic, sortir de la 325, le lendemain de l'arrivée de la délégation russe, dans l'après-midi. Ce n'est pas la première fois qu'elle la voyait dans les couloirs, et notamment quand il y a des congrès de grosses légumes. C'est-à-dire assez souvent. Elle pense que c'est une poule de luxe. Une asiatique, certainement. Quoique notre obligeante employée, dans sa grande sagesse, n'ait pas manqué de suggérer que la femme brune à lunettes pourrait fort bien porter perruque... Et qu'ainsi, elle pourrait être blonde, ou rousse, ou chauve, ou un travesti, ou tout ensemble ... On n'imagine pas, selon elle, le goût des honnêtes hommes pour leur sexe, surtout ripoliné et maquillé. Mais si c'est une chinoise, il y aurait de grandes chances pour que ce fût une bonne gagneuse de la terrifiante Mme Lui-Yan, la Madame Claude de Chinatown, vous connaissez ?

— Qui ne la connaît pas ... C'est pour ainsi dire une institution. Elle dirige le spa *du Dragon Rouge*, Impasse du Port Franc, une goule qui donne dans la rue Cavenne, près de la Place Ollier, sur la rive gauche du Rhône. Il se dit même qu'on aurait vu Redeven sortir de chez elle, à des heures indues ...

— Peut-être cette brave femme pratique-t-elle des tarifs accessibles aux pauvres fonctionnaires que nous sommes, lorsque le client huppé se fait plus rare. Nous irons nous en assurer.

— Je passerai au labo, si vous voulez. Même après le ménage le plus parfait, il doit bien rester quelques vrais faux cheveux bavards, dans cette turne de bourge ! Peut-être ceux d'une mystérieuse femme à la longue chevelure brune.

— Et envoyez donc Olivier Lazarus questionner le barman et les garçons du Centaurus. Ces petites choses-là boivent du champagne, laissent des pourboires, et malgré leur lunettes fumées, ne passent certainement pas inaperçus !

— Si on déléguait Karim ? Il porte le costume à ravir : ça nous fera un fils d'émir du tonnerre, vous ne croyez pas ?

Jolène demeura un long moment silencieuse. — Je vais lui donner une photo de Nemat, dit-elle enfin d'une toute petite voix.

Bassanian adorait fréquenter les boîtes, à l'heure où les femmes de ménage aspirent la moquette, et où les patrons en négligé, mangent chinois, indien ou italien, sur un coin de table.

Après avoir entendu pendant une heure les trois dadais des familles se destinant à la médecine, il décida qu'il encouragerait son neveu dans son projet de sécher la fac, pour monter son groupe de Ska. Il lui offrirait même deux places pour le concert des *Ogres de Barback*, qui passaient à Sainté.

Et il prierait pour l'avenir de la santé en France, que le prochain boat people accostant sur les plages de notre beau pays soit rempli de vrais futurs praticiens qui savaient ce que c'était que la misère. Et qui eux, ne se prendraient pas pour Rabelais ou Ambroise Paré, en oubliant que les *escoliers* qui menaient joyeuse vie à cette lointaine époque, le faisaient ventres vides et bourses plates.

Bien sûr, les carabins n'avaient rien vu du drame qui s'était joué au pied de leur immeuble, rue Bèchevilain. Ils avaient bien entendu courir sur le toit, couiner une fille, ou peut-être bien des gosses. Il y avait aussi certainement un mecs ou deux, qui parlaient peut-être anglais. Mais toutes les facs proches connaissaient l'immeuble, et ça draguait sec sur les toits. Ça la mettait mal, de jouer les voyeurs. Et puis, en général, personne ne tombait.

Bassanian leur recommanda de ne pas quitter la ville. Il les remercia pour leur déposition, alors qu'il avait envie de leur filer des coups de pieds au cul.

Au *Lambet's walk*, il lui fut confirmé que Florian Abitbal, un habitué, avait passé toute l'après-midi de lundi à danser le tango avec deux femmes chicos dans la quarantaine bien sonnée, des anglaises du meilleur monde, rutilantes de quincaillerie.

— C'est un habitué comment, Abitbal ? Un revendeur ?

— Pas de ça chez nous, M. l'inspecteur ! Disons qu'il aime bien la compagnie des dames seules, voyez-vous. Il n'y a rien d'illégal là-dedans, il est majeur, après tout, et ces dames également.

— Et ces crèmes anglaises, des habituées aussi ? Où logent-elles ?

— Qu'a-t-il fait, ce jeune homme ? Il ne faudrait pas que de bonnes clientes aient des ennuis ... L'une d'elles est au mieux avec le nouveau consul britannique de Lyon ...

— Leurs maris n'en sauront rien.

— En ce cas ... Elles descendent ordinairement à *l'Hôtel Saint-Paul*, une hostellerie très pittoresque du Vieux Lyon. Les anglais sont très friands de vieilles pierres.

— Il les a raccompagnées, le jeunot ? A quelle heure ?

— Ils se sont éclipsés tous trois vers sept heures du soir. Un verre de grappa, inspecteur ?

Bassanian prélevait une crevette au curry dans un ravier :

— Hum, trop d'épices .. Merci non, vous connaissez la formule. Mais je reviendrai ...

Quant au *Pao Ning*, où l'on pouvait entre autres divertissements admirer la fine fleur dévêtue de l'Empire du Milieu, il ouvrait à vingt-deux heures : Abitbal était présent. Il avait quitté la boîte vers quatre heures et demi, mardi matin. Seul. Le videur, à qui on n'aurait pas confié son porte-monnaie, en attestait. Donc, entre dix-neuf et vingt-deux heures, on ignorait l'emploi du temps, si l'on peut dire, du jeune dealer.

— Capitaine, je file à *l'Hôtel Saint-Paul*, précisa Bassanian, son rapport terminé. Histoire de rencontrer les petites anglaises. Quoique la cuisine anglo-saxonne me tente modérément.

Cette nuit-là, Ulrich rêva de Volodia. Elle portait une perruque de carnaval en raphia noir, et des lunettes sans verre rattachées à un faux nez. Cet accoutrement ne parvenait pas à l'enlaidir. Sa bouche pulpeuse, sans cosmétique, ne riait pas. Ulrich l'exhortait à ôter ce déguisement. Puis il lui disait des mots décousus, enfantins, qui n'avaient rien à voir avec la vague sensuelle qui le submergeait douloureusement. Et Volodia l'écoutait avec déférence, comme si les phrases prononcées étaient de la plus haute importance. Comme si elle décodait à mesure ce salmigondis grotesque.
Il s'éveilla en sueur. A son côté, Roxane ronflotait bouche close, inexpugnable telle une huître. Le réveil marquait quatre heures dix. Il ne dormirait plus et se fit du café, avec de l'aspirine, parce qu'il sentait poindre la migraine.
Les idées éclaircies par la caféine et l'acide salicylique, Londaine s'avisa que, s'il se fourrait la tête dans le sac de nœuds du boulot, c'était pour une part, dans le but de mieux repousser la scène de la veille : ces images, depuis qu'elles avaient recouvert sa conscience, ne lui laissaient plus aucun répit.
Et plus il y pensait, plus il en ressentait le choc avec la force d'une commotion physique.
Lorsqu'il s'était trouvé face à cette femme d'un blond rare : un coup de poing. Lorsqu'elle l'avait regardé : un autre. Lorsqu'il

avait tenu sa main dans la sienne : encore un, au creux de l'estomac. Et c'était seulement à présent, qu'il en ressentait la douleur, précise et insolente. Cette Ukrainienne, cette beauté précieuse, lui démangeait l'intelligence comme un prurit. Il se faisait l'effet d'un martien qui n'aurait jamais vu de bonne femme. Qu'avait-elle donc de plus que les autres ?

Il déboula au 40, rue Marius Berliet, à six heures du mat'. Il trusta la machine à café, alla se plonger dans les conclusions du labo, concernant le crime du Centaurus. Pas de cheveux longs et bruns, vrais ou postiches. Comment se pouvait-il que la victime eût vent de l'absence d'un membre de la délégation, de manière à prendre sa place ? La secrétaire de la zélée Gratoviska ? Gratoviska elle-même ? En Russie ou en France ? Le personnel de l'hôtel Centaurus ? Il était clair que les échanges franco-russes allaient bon train.

Vilejo et le responsable de l'unité informatique, Antoine Drahaye, arborant ses interminables dreadlocks blondes et ses ignobles cigares refroidis, débarquèrent. Depuis la veille, ils trimaient dur sur ce coup-là. Mais pour le moment, toujours pas de piste. On ignorait l'identité de l'égorgé. Même le pardessus italien refusait de bavarder.

Drahaye expliqua que les papiers de Vladimir Sorosko étaient des faux grossiers. Si l'assassin avait prémédité son crime, l'égorgé avait aussi préparé son coup, mais plutôt mal au demeurant, ce qui impliquait de l'amateurisme, de la précipitation. Les truands professionnels prennent leur temps. Il se pouvait qu'il eût joué en solo.

— On se demande comment il a pu passer les différents contrôles des douanes.

— On peut penser qu'il se trouvait en Europe avant l'arrivée des Russes, et même, qu'il n'a peut-être jamais mis les pieds dans ce pays, suggérait Vilejo.

— Sathi confirme que la liste en possession du service des réservations du Centaurus comporte bien le nom de Sorosko, dûment rayé. Ils ne comprennent pas comment on a pu tout de même le compter parmi les participants. Ils avouent aussi volontiers que cela peut arriver quand ils sont débordés. Ça n'a pas d'incidence à cette époque de l'année, où il se libère des chambres tous les jours.

— Le problème est que l'erreur est une scène de crime, à présent ! intervint le commandant. Il serait bien que le lieutenant Sathi demande discrètement à la secrétaire de Gratoviska pourquoi une si parfaite employée n'a pas jugé bon de refaire la liste au propre.

Somme toute, il apparaissait clairement que tous ceux qui auraient pu apporter un éclairage sur le meurtre des petites roumaines décanillaient vite fait. Et ce n'était pas le vague témoignage des étudiants en médecine, qui avaient bien entendu courir du monde sur le toit, « *peut-être même des gosses* », qui ferait avancer l'enquête.

Ah ! Si les petits lapins pouvaient parler ...

Londaine fut rappelé au labo pour les indices relevées à la Part-Dieu dans l'environnement macabre du cadavre calciné.

On avait retrouvé dans le vide-ordures des gants de jardin imbibés d'essence, qui présentaient des empreintes intéressantes. De plus, le brigadier Turini et ses hommes, chargés de l'enquête de voisinage, avaient rapporté une moisson de lettres anonymes adressées aux locataires de l'immeuble où s'était déclaré l'incendie. Tous de vieilles personnes qui redoutaient de saisir la police, ayant assez d'embêtements comme ça, selon leurs propres mots, avec le propriétaire menaçant de les expulser, pour mieux revendre à un groupe coréen. Les gants de jardinage parleraient peut-être, désignant ainsi l'instigateur du sinistre, qui lui-même, pour ne pas tomber seul, donnerait ses commanditaires. Air connu.

Bassanian passant à deux pas de la rue Saint-Georges, s'en fut tester le *Barrio Chino*, le bar à tapas qui venait de s'y établir. Le lieutenant reçut un accueil triomphal lorsqu'il déposa sur le bureau des parts d'omelette de pommes de terre toute chaude.
 — J'ai rencontré les dames anglaises, annonça-t-il, ménageant ses effets.
L'évocation du quartier Saint-Georges emporta aussitôt Ulrich dans les ruelles du Vieux Lyon. Il consulta sa montre : onze heures et demi. Janin devait être à sa cantine habituelle, à siroter un kir.
 — Eh bien ?
 — Assez mignonnes, mais ... avec un air de ne pas avoir digéré leurs muffins. Ou plutôt, de qui a répété en duettistes pour balancer un faux témoignage ... Elles prétendent qu'ils ont tous trois fait la dînette dans leur chambre, lundi soir, et après ça, Abitbal les a initiées aux subtilités des danses latines, dont il est expert...
 — Comme c'est romantique ... Tu penses qu'elles couvriraient Abitbal ? Qu'elles prendraient ce risque, s'il avait poussé la petite roumaine dans le vide ? Et quel serait son mobile ? Super, ton omelette de patates !
 — C'est toi, la patate, Vilejo ! Le gone a dit qu'il était chargé à mort, mardi, au petit matin. On le croit volontiers, quand on a vu sa tête l'après-midi, lorsque tu l'as interrogé.

— C'est l'état idéal pour faire des bêtises. Quoiqu'il n'était pas assez stone pour attendre sagement l'arrivée de la police. Et je l'imagine mal retourner à *l'Hôtel Saint-Paul* à cinq plombes du mat' pour réveiller ces dames afin qu'elles lui fournissent un alibi, sans parler de la difficulté à ne pas se faire repérer par le personnel.

— C'est pourtant le cas, personne ne l'a vu ! J'ai cuisiné très discrètement l'homme aux clés d'or, deux bagagistes, deux mignonnes femmes de ménage et trois garçons d'étage. L'un d'eux aurait bien livré un solide en-cas dans la chambre que partagent ces dames, mais tenez-vous bien : avec cinq assiettes, et non pas trois. Ce qui ne prouve rien, car, selon cet employé, ces dames sont à cheval sur le changement de couverts. Il affirme qu'il n'y avait que les deux voyageuses dans la chambre. Il m'a également soufflé en confidence, et en tendant la main, avoir reçu un solide pourboire, et c'est pour cela qu'il s'en souvient. Néanmoins, bougonna Bassanian mimant l'arrachage de son appendice nasal qu'il avait assez développé, ces ladies m'ont l'air de planquer quelque chose. Et comme on veut bien ordinairement me reconnaître du pif, et que, selon la gent féminine, c'est ce qui fait une grande partie de mon charme...

— Alors, lieutenant Bassanian, briefez deux stagiaires et mettez les en planque et filoche discrète sur les deux anglaises, déclara le commandant. Mais pas de vagues, ni d'embrouilles. Pensez au consulat...

Londaine fonça vers le Vieux Lyon. Se rapprochant de son but, il s'agaçait. Son passé se pressait à son esprit, en images douces cependant, d'un beau-père dont il avait toujours accueilli les marques de magnanime bonté avec une sorte de méfiance.

Il aurait voulu se passer de son inépuisable patience. Mais à chaque fois qu'il s'était planté, Janin Lomberg l'avait repêché, remis au sec sur la berge : Ulrich lui devait tout, même peut-être son entrée à l'école de police, alors que Lomberg, chroniqueur judiciaire au *Progrès de Lyon*, aurait bien vu son beau-fils dans la magistrature. Et c'est cela qui irritait Ulrich : Lomberg était irréprochable. Bon parâtre, bon mari. Et Dieu sait si Marthe de Londaine tenait à sa liberté !

Il le vit tout de suite, à peine plus dégarni, profitant en terrasse du dernier soleil d'octobre, portant son éternelle veste de tweed à coudes de peau, le *Monde* plié à la gauche de son assiette. Il semblait attendre quelqu'un. Marthe, peut-être, car qui pouvait-il attendre, hormis Marthe, l'amour de sa vie ?

Ulrich remarqua avec surprise que, pour la première fois, il le jugeait moins sévèrement. Peut-être à cause des épaules un peu plus voûtées, d'un léger tremblement des mains lorsqu'il se glissa sur la chaise laissée libre.

— Ça par exemple !

Janin manifestait une vraie joie, ses pupilles brillaient. Son visage portait encore le hâle de l'été, ou d'un voyage lointain, sans doute dans les pas de l'indomptable Marthe sur laquelle les ans ne semblaient pas avoir de prise.

Lomberg avait un regard d'eau claire pénétrant, il devait encore plaire aux femmes.

Quand Ulrich lui fit part de son affectation à Lyon, il demeura un moment bouche bée, et ses yeux se mouillèrent.

— Alors, nous pourrons nous revoir, dit-il prudemment, si tu le souhaites, bien sûr...

— Avec grand plaisir ! Tu verras ma fille, une vraie petite bonne femme, dix-sept ans, un tyran domestique ! Tout le portrait de sa mère !

Ils rirent de bon cœur, partagèrent un authentique et délicieux repas de vrai bouchon lyonnais où ne manquaient ni le Côtes-du-Rhône qui délie les langues, ni la convivialité.

Londaine évoqua de loin les affaires en cours, sa prise de fonction à la brigade où l'accueil ne se ressentait pas trop de la mutation de son prédécesseur : Julien Nemat. Janin en avait-il entendu parler ?

Lomberg commanda deux autres eaux-de-vie de poire et se pencha vers son beau-fils :

— Mieux que ça... Lorsqu'il y a eu l'affaire, le chroniqueur du canard avait été spécialement dépêché sur Outreau et demeurait sur place, dans le Nord. Et les jeunes plumes, au gré du rédac'chef, étaient beaucoup trop jeunes pour couvrir une instruction où des policiers étaient impliqués. Bref, on m'a demandé de reprendre du service. De manière officieuse...

— Tu es allé sur les lieux ?

Janin Lomberg fit la moue :

— Cette histoire de jeune flic voulant se suicider, et de Nemat qui l'aurait décroché de sa poutre, ça frisait le Grand Guignol. Mais j'ai pensé que la police avait ses raisons. Et puis, j'étais à la retraite. L'appartement était sens dessus dessous. Il y avait eu une fameuse bagarre, là-dedans, tu peux me croire. Le labo a retrouvé les empreintes d'au moins cinq personnes, dont une femme. Mais hormis celles de Marc Lorgot et de Nemat, les autres n'étaient pas identifiables.

— J'ai lu le rapport. La capitaine, Jolène Gentil, est l'ex-femme de Nemat. Elle pense qu'il avait des preuves que les suicides des filles de l'est étaient en fait des meurtres.

— Il m'est arrivé de rencontrer Nemat alors qu'il enquêtait sur ces pseudo-suicides. Occasionnellement, je donnais quelques piges au *Dauphiné* et à *Mag2Lyon*. Nemat ne se faisait pas trop prier pour tenir les journalistes au courant. Nous avons quelquefois déjeuné ensemble. C'était un homme préoccupé. Figure-toi...
Lomberg attendit que le serveur eût déposé les alcools, puis il s'abîma dans la contemplation de son verre que le soleil irisait. Il reprit, dans un demi-sourire : —Figure-toi que cet homme était fou amoureux. Il s'est confié à moi, parce que nous ne nous connaissions pas vraiment, et qu'il fallait qu'il le dise à quelqu'un. Ça t'étonne ?
Ulrich se sentit rougir. Il avait abusé de vin, et le soleil lui piquait la nuque.

— Une asiatique ?

Janin leva le sourcil :

— Il ne me l'a jamais dit. Mais Nemat voulait tout lâcher, et partir avec une fille, la femme d'un caïd, je crois. Mais inexplicablement, la tâche s'avérait impossible. Je lui demandai pourquoi, mais il répondit qu'il ne pouvait me l'expliquer, que je serais moi aussi en danger. Voilà. Tu connais la suite : Nemat retrouvé le crâne défoncé dans l'appartement de Lorgot...

Ils parlèrent encore longuement, spéculant sur cette affaire. La terrasse se vidait. Ulrich n'avait pas vu passer les heures.

— Il faut que j'y aille ... soupira-t-il. Il voulut payer, mais Lomberg l'arrêta d'un geste :

— La prochaine fois qu'on se verra ! Je m'en réjouis d'avance. Tu as toujours mon numéro ?
Tous deux s'étaient levés, et Janin tenait les bras de Londaine. Ce dernier se pencha et ils s'embrassèrent.

— J'ai été si content de te revoir. Ulrich ...
Puis soudain, bizarrement :
— Ça va avec Roxane ?
— Ça va, ça va ... répondit Londaine sur un ton qu'il jugea stupide.
— Si tu enquêtes sur cette affaire de roumaines, dit encore Janin à mi-voix, je t'en prie, sois prudent ! Et tiens-moi au courant, si possible. Je pourrai peut-être t'aider ...

6

Vers sept heures, Londaine retrouva tout naturellement Volodia installée sur le canapé auprès de Roxane, toutes deux plongées dans des catalogues. Elles levèrent le nez et froncèrent les sourcils.

— Je dérange ? sourit Ulrich.

Volodia se leva en lissant sa robe, dans un mouvement familier. Elle semblait affectionner les tenues flatteuses.

— J'allais partir, dit-elle sans se dérider.

— Je ne vous chasse pas, j'espère !

Volodia ne se donna pas la peine de répondre, prit son trench et son sac, serra la main de Roxane.

— C'est Sandro Caserna qui vous apportera la nouvelle collection. Moi, je dois former de nouvelles vendeuses. J'ai de bons espoirs pour votre étoile d'or, si vous continuez comme ça ! Et après, en route pour le poste d'ambassadrice et les stages à Paris !

— Vous croyez ? se rengorgeait Roxane, toute rose.

— Les chiffres parlent d'eux-mêmes, ma chère. Vous avez une faculté d'adaptation inouïe. Le quartier vous a déjà acceptée. Si vous rencontrez un problème, vous m'appelez, d'accord ? Mais vous verrez, tout ira bien avec Sandro.

Ulrich ouvrit la porte avec un sourire stupide. Roxane le fusilla du regard. Volodia eut à peine un coup d'œil vers Londaine.

— Tu te conduis avec Volodia d'une façon ... odieuse ! lançait Roxane en rangeant les colifichets.

— Odieuse ?

Ulrich la dévisageait, paupières écarquillées.

— Mais oui, odieuse ! Tu t'adresses à elle comme ...comme à une petite chose sans intérêt ! Avec un cynisme condescendant ! Tu apprendras que cette femme gère un chiffre d'affaires qui t'étonnerait !

— Ce n'est plus de l'amour, c'est de la rage !

Ulrich esquiva de justesse deux boîtes en carton lancées à toute volée.

— Peut-on savoir où est Dédée ?

— Elle révise chez une petite amie, aux Brotteaux. Les parents ont un appartement en duplex très spacieux, et les enfants bénéficient chacun d'une sorte de studio. Je trouve ça magnifique, que notre fille s'acclimate aussi bien, tu ne trouves pas ? s'enfiévrait Roxane, qui oubliait vite ses coups de colère.

« *Évidemment, on ne lui demandait pas son avis ...* »

— Elle a des frères, cette petite amie ?

Roxane se redressa, les bras chargés de dentelles :

— Eh bien, mais ... Est-ce que je sais ...

Elle haussa les épaules, et emporta sa provende de lingerie dans leur chambre.

— Ce serait bien, si je pouvais bénéficier d'un bureau. Tu as entendu Volodia ! Je suis en course pour l'étoile d'or des meilleures vendeuses. A partir d'un certain chiffre, on ne tient pas les comptes de la même manière !

— Tu ne connais cette femme que depuis trois jours à peine. Il faut voir si une telle activité marche sur la durée.

Roxane s'immobilisa, semblant si peinée, qu'il regretta aussitôt ses paroles.

Le téléphone sonna.
— Tu as peut-être raison, fais comme tu l'entends ... soupira-t-il en décrochant.
Il dut tendre l'oreille pour écouter le filet de voix.
— C'est Volodia ... Non ! Attendez ! C'est à vous que je veux parler !
Roxane, assise à la table du living, alignait des chiffres sans lever les yeux.
— Comment ça ?
Sa voix résonna, rauque.
— Vous ne comprenez pas ? Vous me plaisez... Vous me plaisez depuis la première fois que je vous ai vu. Je ne reviendrai pas chez vous. Un collègue s'occupera de votre femme. Personne n'en saura rien. Et on ne se reverra pas, si vous le souhaitez. Rencontrons-nous ce soir, à vingt et une heure, au *Mercière*, n°56.
Il était abasourdi, il croyait à une plaisanterie.
— Je ne comprends pas ... répétait-il.
— Vingt et une heure, rue Mercière, N°56. Dites à Roxane que j'ai appelé pour lui confirmer que Sandro Caserna passera demain à 10 heures. Je raccroche.

— Qui c'était ?
— Volodia.
Roxane le regardait sans comprendre.
— Tu ne me l'as pas passée ?
— Je ne sais pas. Elle était pressée. Je n'ai pas compris ce qu'elle racontait. Elle parlait avec quelqu'un. Elle voulait seulement te dire que Sandro je-ne-sais-plus-quoi passera demain à dix heures.

Roxane le dévisageait avec un drôle d'air. Lisait-elle le mensonge sur sa figure, comme font tous les vieux mariés, ou les parents attentifs avec leurs enfants ?

De fait Ulrich se sentait adolescent, enfoncé dans un mensonge que l'on croit sans issue, comme souvent à cet âge. Il se sentait inhabité, poussé par une force inconnue, pernicieuse. Mais pas outre mesure taraudé par le remords.

Tout à fait comme un jeune homme qui fait ses premiers pas pour s'abstraire du cocon familial. Il ressentait sa trahison presque comme une nécessité, un devoir qu'il devait à son équilibre intérieur. Obtus, seulement guidé par son désir, qu'il n'aurait jamais jugé encore si impérieux.

La seule pensée qui lui vint avant de sortir, fut qu'il allait sûrement faire une poussée d'acné. Et ça le mit en joie.

— Tu ne dînes pas ?
— Je suis d'astreinte.

C'était vrai. Il lui envoya un baiser du bout des doigts, pressé de fuir. Elle agita la main, sans le regarder. Elle aussi, pensa-t-il, avait l'air soulagée.

Montant dans sa voiture, cogitant qu'il avait encore le choix, il se dit que les vrais criminels se trouvent toujours de bonnes raisons. Et que si le crime était à refaire, il le referait sans remords.

« *Le revendiquer haut et fort, c'est cela que la société ne leur pardonne pas* », supputa Londaine.

Ça lui allait bien de philosopher ! Comme si sa tête avait à voir là-dedans !

Paradoxalement, ce fut en trompant Roxane que Londaine prit vraiment la mesure de leurs rapports. Stéréotypés. De vrais clichés de pub. Combien il leur était facile de simuler et dissimuler, avec le

genre de vie qu'ils menaient ! La vie de la plupart des petits bourgeois, avec si peu de temps à soi, juste celui de se croiser, avec les mots des pauvres gens, comme chantait Ferré :
« Ne rentre pas trop tard, surtout, ne prends pas froid ... »
Encore les pauvres gens y mettent-ils toute la compassion possible, leur seule richesse.
Eux, les pas à plaindre, ne faisaient qu'échanger des phrases creuses, pressés de retourner bien vite dans le monde du travail, la machine à fric, pour se regarder vivre dans le regard des autres.

Que tous ces vœux pieux : « *On devrait se parler plus souvent* », « *Dans un couple, il faut savoir préserver du temps pour l'autre* », n'étaient vraiment que des mots, du blabla de la Bonne Conscience, pour se donner le temps de fuir encore plus vite.
Même chose avec Dédée. Des phrases toutes formatées afin d'exorciser les démons de l'adolescence, des théories statiques, inapplicables à des êtres en devenir. Cela, Londaine le savait. Il l'avait toujours à l'esprit. Il le combattait de son mieux. Il se battait contre des mots, des mots creux. Il venait de le comprendre dans sa chair. Comme il est facile de mentir. A soi et aux autres. Ils vous aménagent du temps pour ça. On vous paie pour ça. On vous décerne même des médailles.

Sans savoir pourquoi, ce matin-là, Ulrich appréhendait les regards de la brigade, comme si son infidélité se lisait sur sa figure. Mais, hormis Vilejo, Drahaye et Lazarus plongés dans les fichiers du sommier, les autres étaient sur le braquage qui avait mal tourné d'une épicerie chinoise près de la Place du Pont, sur la rive gauche. Opportunément, le Directeur adjoint Debard demanda à voir le commandant Londaine : il fallait laisser tomber pour un temps les gamines roumaines, et axer toutes les recherches sur l'identité de la victime du Centaurus, et le mobile du crime.

Les ressortissants russes étaient relativement nombreux dans la région. La quête des instances dirigeantes de la nouvelle Russie, du savoir-faire rhône-alpin en matière de sports de glisse et d'infrastructures de montagne, laissait augurer des échanges suivis et fructueux pour les entreprises et les collectivités locales. Il s'agissait d'instruire à bon escient. De marcher sur des œufs.

— Christophe et M. le Préfet de police veulent que vous suiviez personnellement cette affaire, Londaine. Ce qui signifie que vous laissez tomber la course aux chimères de Gentil et de ses hommes. Nemat est hors course, alors, on arrête, vu ? Oui, oui, moi aussi, vous savez, j'ai mes indics ! Idem pour cette Baby Doll de Parilly. Il y a les boîtes de quartier pour ça. Nous sommes bien d'accord ? Et pour ce qui est d'interroger le personnel et la clientèle du Centaurus, c'est non ! Ou alors, si vous avez un début de piste précis ! La substitute Lamour a été très claire sur ce point !

Londaine ne discuta même pas.

« Comment je fais pour chercher la vérité ? Dans la boule de cristal ? »

Vers neuf heures, la femme de ménage du Centaurus appela. A la plonge de nuit, il y avait un type qui était au mieux avec un des veilleurs de nuit. Elle les avait entendu parler : c'était bien du russe ! Peut-être bien qu'ils savaient quelque chose.

— Merci, on s'en occupe. Soyez prudente. Et si vous revoyez la femme brune à lunettes ...

Comme le pensait la capitaine Gentil, Londaine tissait son réseau. Meruska était albanaise. Elle tentait de faire reconduire son permis de séjour pour accueillir sa fille, que sa mère gardait au pays. Il fallait aussi leur envoyer un peu d'argent. Londaine lui promit de lui glisser régulièrement quelques billets, et d'intercéder pour elle auprès des services de l'Immigration.

Le labo ne donna rien de probant. La lame fatale ayant tranché la gorge du faux Vlad Sorosko était le propre rasoir de la victime. Sur le corps et les vêtements, il y avait des empreintes ne correspondant à aucune répertoriée. L'étude dentaire confirma néanmoins ce que pensait Londaine : la bouche était meublée de bridges sophistiqués et de résines artistiques, laissant penser que l'inconnu était certainement européen, plutôt à l'aise, et l'on cherchait à remonter jusqu'au praticien ayant réalisé ces merveilles.
La marque du pardessus était distribuée dans toutes les boutiques et grandes surfaces de prêt-à-porter haut de gamme d'Europe et d'ailleurs.
C'était tout ce qu'on possédait pour déduire l'identité de l'homme, et le mobile de l'usurpation du nom de Sorosko demeurait un mystère.
De toute évidence, l'inconnu avait un complice, en Russie ou en France : ce dernier savait que le délégué Sorosko ne participerait pas au voyage. N'en déplaise aux grands directeurs, on ne faisait pas d'omelette sans casser d'œufs. Il fallait bien tâter un peu le terrain et interroger la délégation.

Londaine s'était bien gardé d'évoquer les lapins de peluche devant l'adjoint du « *Gatto* ». Il lui aurait ri au nez. Il omit aussi de raconter que Gentil et lui-même s'étaient trouvés confrontés au crime du Centaurus par suite d'une visite chez Baby Doll, et la découverte d'un prospectus sur la préparation des jeux olympiques de Sotchi, couvert de fiente de canaris.

Le Dr Ladvit apprit à Londaine que les lapins n'avaient pas « parlé ». Pourtant, que Lazarus, surnommé volontiers « le dénicheur » par ses collègues, ait levé ce lièvre, planqué dans un providentiel trou de cheminée, ne pouvait être fortuit. Appartenait-il à la petite roumaine ? Puis Londaine se remémora la déposition des étudiants en médecine. Dans le brouillard de leur soûlographie, n'avaient-ils pas perçu des voix d'enfants ...
Et cet autre jouet, dans les biscuits préférés de Jocelyne Paroton. Gentil avait raison : ça ressemblait à un jeu de piste.
Mais quel rapport avec l'assassinat de l'homme du Centaurus ? Il fallait en apprendre un peu plus sur Baby Doll.
La rouste sévère infligée à Parilly avait entraîné un arrêt cardiaque. Plus jeune, elle aurait tenu le coup : Lamour et le Proc'général ne voudraient pas entendre parler d'autopsie.

Debard était catégorique : A Lyon comme ailleurs, on trouvait presque tous les jours des victimes de leurs proxénètes que la plupart du temps, à l'instar des petites roumaines, on n'arrivait pas à identifier. Impossible de dépenser l'argent du contribuable et de mobiliser les effectifs déjà restreints de la médecine légale, pour les victimes d'un flux incessant de prostitution clandestine, organisée par des réseaux fort bien conseillés. Autant courir après le vent. Généralement, on attendait d'avoir assez d'informations sur leur provenance, pour refiler l'instruction à leur pays d'origine. Un cercle encore plus vicelard que les filières qui broyaient ces pauvres créatures.

Londaine avait bien envie de faire un tour aux Puces du Canal de Jonage. Les marchands commençaient à s'installer, et les sédentaires faisaient affaire avec les étrangers. Le commandant s'interrogeait sur l'opportunité d'emmener Vilejo, qui ne sentait pas trop le flic, et n'effraierait pas les brocs en mal de livres de police, lorsqu'il reçut un appel émanant du capitaine Gentil. Ça canardait sur Chinatown.

— Patron, il y du binz, ici ! Dans l'épicerie chinoise, d'où la gérante nous a appelés. Il y aurait des blessés à l'intérieur, peut-être graves ! Mais la caillera venue d'on ne sait où, rapplique de partout pour récupérer un des leurs, qui est dans l'épicerie avec les tenanciers : je ne sais pas comment ils l'ont su ! Mais ils arrivent par grappes, et il y a même un sniper qu'on n'arrive pas à localiser !

— M... ! A quel niveau êtes-vous ?

— A dix mètres de l'épicerie *Fleur de Pêcher* de la rue Basse-Combalot. Un jeune se serait éventré en *live*. Amoureux éconduit de la fille de la maison. Le patron a reçu une vilaine éraflure au bras en essayant de le désarmer, et la gamine serait défigurée et perd son sang. Si je préviens les pompiers, ils vont se faire dessouder ! On s'est fait piéger ! On est garé au milieu de la rue, et il y a trois agents un peu plus haut ! Les gones de la zone ferment la rue aux deux bouts !

— On arrive ! Restez avec nous !

— On entend des déflagrations, c'est la guérilla ! Mais on ne sait pas sur quoi ils tirent, et d'autres commencent à caillasser les vitrines ! Les plus petits filment avec leurs portables ! C'est hallucinant ! On a fait le maximum pour faire baisser les rideaux, et mettre les habitants et les passants à l'abri, mais c'est un vrai essaim de frelons.

Un fracas.

— Qu'est-ce que c'est, Jolène ?

— La vitrine du resto d'à côté, le *Bambou de nacre,* vient de tomber ! Ça rapplique de partout ! On dirait qu'il y une autre bande ! Qu'est-ce qu'on fait ? On prévient les cow-boys du GIPN ?

— Ça va être un carnage ... Les meneurs n'attendent que ça ! Je parie qu'ils ont prévenu la presse, ou qu'ils vont balancer leurs exploits sur le web !

— Qu'est-ce que je fais en attendant ? hurlait Jolène. On est coincés au milieu, et on ne peut pas boucler la rue, je vous dis !

— Planquez-vous et laissez les vitres tomber ! On est là dans dix minutes ! Mettez-vous à l'abri, vous et les hommes ! Je préviens les secours. Vous avez un porte-voix ? Alors, prenez-le, et chantez une chanson ?

— Patron, c'est pas sympa...

— Faites ce que je vous dis, Bon Dieu !

Sans rire, Londaine entendit le capitaine Gentil s'éclaircir la voix et attaquer à tue-tête un slam de *Grand Corps malade*. Dans le portable, le vacarme fit progressivement place à une rumeur guère plus rassurante. Ça s'appelait l'effet de surprise. Les stages de négociation de la police, quoique louftingues, avaient peut-être du bon. Cinq minutes de gagnées sur le chaos, c'est toujours bon à prendre.

Le commandant ajusta son holster, saisit son blouson :

— Vilejo, avec moi ! Vous avez votre gilet ? Il peut y avoir des balles perdues. Vous connaissez le quartier de la Guillotière ?

— Comme les poches de mon futal, commandant !

— Alors prenez le volant.

Londaine racola le brigadier Turini plus deux hommes, et le cortège, avec gyrophares et sirènes, fonça vers la rue de Marseille, dribblant sans état d'âme une flopée d'oranges bien sanguines.

Ils laissèrent les voitures sur le quai Claude Bernard. La population murmurante, massée à l'angle des rues Pasteur et Passet, ne laissait rien présager de bon. L'étonnant était qu'on n'entendait plus rien ou presque, venant de la rue Basse Combalot. Londaine posta les deux agents afin de contenir les curieux.
Le véhicule de Gentil, — la capitaine psalmodiait toujours —, était immobilisé au milieu de l'asphalte, portières ouvertes, parmi les débris de verre scintillants. Le commandant aperçut Bassanian assis contre le châssis, tout blanc, se tenant les côtes.
— Et m ... !
Ce lieutenant rond et bougon lui devenait sympathique, lui aussi.
Plus loin, contre une façade, était garé le Scénic de la patrouille, vide de ses occupants. Mais derrière, ça grenouillait, et la voiture de police se mit à tanguer sur ses bases. Ignorant le cataclysme, deux ou trois morveux, chargés à mort, rappaient sur les mains ou sur la tête autour d'un vieux ghetto blaster.
Un petit jeune à capuche armé d'une batte sauta sur le capot de la voiture des agents et explosa le pare-brise, avant de disparaître vif comme un lièvre.

L'épicerie fine asiatique était dans un sale état. Les casseurs s'acharnaient sur le rideau de fer qui, plié en deux, commençait à sortir de ses gonds.
Il y eut des cris, le glissement de grilles que l'on descendait prudemment. Puis ce fut la ruée.
Des silhouettes juvéniles, en tenue de guerre de la zone, jaillies de toutes parts, se jetèrent dans une mêlée féroce et silencieuse. Une détonation, un sifflement : une vitre à l'étage dégringola.
Ils étaient bien une centaine, peut-être plus, à phagocyter la rue. Comme si ç'avait été un signal, un concert de cris et de

vociférations s'éleva, et le ballet des matraques improvisées commença. Ça sautait de partout, des toits des véhicules, des étals des épiceries ravagés, il y en avait même qui faisaient du trapèze agrippés aux enseignes, avec une agilité déconcertante, pour mieux éclater les néons et les pancartes enluminées. Un dragon de papier qui se tordait au-dessus de la rue rejeta soudain des flammes par les naseaux, comme au premier jour de l'année du buffle. Ça sentait le roussi. L'étui d'une balle ricocha au mitan de l'asphalte, avec un innocent bruit de capsule de bière.

— Il y a un sniper à gauche, au 3e de l'immeuble jaune aux vitre cassées. Mais je crois bien avoir aperçu son frère jumeau dans la baraque en face : ils vont essayer de nous prendre en tir croisé si on remonte la rue entre les deux rangées de voitures garées. Les caïds arment les maternelles, maintenant ... Vilejo, vous savez ramper dans les roubines ?

— Les quoi, patron ? ...

— C'est comme ça qu'on appelle le caniveau, du côté de Nîmes.

— Ben, ramper, c'est pas trop mon truc, mais exceptionnellement ...

— Vous prenez à droite, moi à gauche, le meneur est le merdeux en baggy blanc, avec le keffieh rouge.

— On peut le coincer vers le couloir avant le garage Citroën ...

— Vu. Videz votre magasin : on va lui visser les tempes. Il pissera un bon coup dans sa culotte, et on le sort. Ça devrait les calmer. Votre brassard ...

En se poussant des genoux, ils remontèrent chacun un trottoir comme dans la jungle colombienne, sous le feu des Farcs, en se râpant méchamment les coudes et le reste.

— P..., râlait Vilejo, un perfecto vingt ans d'âge ...
Ils surent qu'ils étaient repérés, lorsque des douilles crépitèrent en pluie sur le toit des voitures en stationnement.
Gentil et un homme en uniforme, repliés sous une porte cochère, feu à la main, virent passer incrédules Londaine à ras la rigole, comme un crocodile dans le marigot.
— Rangez ça, pas de bavure, coula-t-il sans faiblir.

Mais tout se passa comme prévu. Ulrich et le lieutenant se jetèrent dans les jambes d'un gone de même pas treize ans qui ne comprit rien à ce qui lui arrivait, le dépouillèrent de son arme trois fois trop grosse pour son poing, et les minots qui s'évertuaient à cabosser tout ce qui leur tombait sous la main, se congelèrent presque instantanément. Il n'y eut encore que le sifflement indécis d'un projectile qui vint frapper le linteau d'une porte.
Londaine et Vilejo tirèrent le captif dans la lumière, se postèrent au milieu de la rue, les bouches noires des Sig Sauer embrassant étroitement le crâne du petit chef.
Groupés, les assaillants vacillaient sous une houle de rage. Un sifflement, et comme une nuée de sauterelles, la bande s'envola vers les quais du Rhône, effrayant les badauds du bout de la rue, qui se collèrent contre les murs, hurlant en chœur avec la sirène des pompiers.
Un cameraman, avec un journaliste accroché à ses hanches, engrangeait comme à Kaboul.
— On va avoir notre portrait dans le *Progrès*, souffla Vilejo.
— Chaque embrouille en son temps, lieutenant.
Tous accouraient autour de Bassanian, incapable de se relever, le pull-over plein de sang. Londaine écarta doucement sa veste, mais un médecin des pompiers le repoussa fermement. Verdâtre,

Maurice Bassanian déclara d'une voix vaseuse, que la cuisine chinoise ne lui réussissait pas.

— Je crois que son gras double va lui sauver la vie, déclara Vilejo qui allumait une sèche et faisait claquer son zippo. Et comme le commandant l'observait :

— J'ai fait médecine ... avant ...

Il ne daigna pas expliquer ce que recouvrait cet « avant ».

L'épicière et son mari s'affairaient autour d'une fille aux longs cheveux bruns, inanimée, la joue barrée d'une odieuse estafilade. Parmi les conserves et les sachets de champignons séchés, gisait un garçon, une lame fichée dans l'abdomen. Il y avait du sang partout. Debard déboula, précédant le procureur. Il se jeta sur Londaine :

— Qu'est-ce qui vous a pris ? Pourquoi n'avoir pas prévenu le Groupe d'Intervention ? Vous avez vu les dégâts ?

— Bassanian s'en sortira. La fille de l'épicier aussi ...

— Mais défigurée ! Et si c'était la vôtre ? Pourquoi avoir envoyé Gentil seule sur les lieux ? Il paraît qu'elle chantait ? Elle se croyait en 1870 sur les barricades ! Ou se prenait pour Jeanne d'Arc ? Mais tout le monde devient dingue, ma parole !

Ulrich serra les poings :

— On ne savait pas ce qu'on allait trouver à l'intérieur de l'épicerie. La mère a appelé d'un portable en disant qu'il y avait un mort qui venait de se faire hara kiri : l'appel a été orienté vers la crim'. Quant au capitaine Gentil, elle n'était pas seule. Et elle connaît son métier : elle a appelé du renfort à propos.

— A propos ? J'espère pour vous qu'il n'y a pas eu de balle perdue parmi les gosses ! Et que le suicidé de l'épicerie est bien un suicidé !

— Que les parents se soient défendus serait légitime, mais le légiste est formel : c'est le jeune qui s'est donné la mort. Vous savez bien comment ça se passe ! Les bandes chargent l'un d'entre eux à mort pour une raison fallacieuse, et l'envoient en kamikaze. Ensuite, ils n'attendent que l'arrivée de la brigade d'intervention pour déclencher les hostilités et filmer. C'est ce que j'ai voulu éviter. J'ai l'habitude de ce genre de manœuvres : A Nîmes ...

— On n'est pas à Nîmes, ici, mon vieux, on est à Lyon ! Et vous n'êtes pas la GIPN, mais la brigade criminelle ! Occupez-vous plutôt du type du Centaurus ! Qu'est-ce que vous cherchez ? La guerre des polices ? Vous voulez peut-être aussi que la ceinture déferle sur la ville et l'assiège ?

— On n'en est tout de même pas encore au coup d'état, M. le Directeur adjoint...

Debard haussa les épaules et rejoignit le procureur.

Jolène Gentil s'approcha :

— Sur ce coup-là, patron, vous n'allez pas vous faire que des amis. Par contre, ceux qui le resteront vous seront fidèles ... Pour Bassanian, je crois que j'ai ...

Elle avait des larmes plein les yeux.

— Le Dr Vilejo assure que les poignées d'amour du lieutenant Jules Bassanian l'ont protégé de l'irréparable.

Jolène se moucha discrètement :

— Je vais lui commander le meilleur traiteur arménien, pour son séjour à l'hosto !

—Je crois qu'il n'est pas encore en état de gueuletonner. Vous vous chargez des constatations, capitaine ? Je passerai à l'hôpital.

A Grange Blanche, Bassanian encore bien palot, reposait sous l'œil vigilant d'un bataillon féminin et ravitaillé de la diaspora arménienne.

Londaine fit un saut à la chambre de la petite asiate. Elle pleurait sans arrêt entre ses parents qui la réconfortaient dans leur langue, et l'on avait diligenté une psychologue à son chevet. Celle-ci expliquait que la chirurgie réparatrice fait de nos jours des merveilles, ce qui avait pour effet de redoubler les sanglots de la jeune fille. Le commandant remit à plus tard les questions embarrassantes : le jeune s'était-il fait hara kiri, ou bien les parents de la gamine l'avaient-ils aidé, afin de défendre leur progéniture ? Le légiste avait conclus à un suicide sous l'emprise massive de drogues dures. Inutile d'en rajouter sur ce coup-là.
Deux autres jolies gamines aux yeux en amande attendaient patiemment dans un coin, les bras chargés de peluches et de confiseries.

— Je suis le commandant Londaine. Je peux vous parler ?
Les jeunes filles s'entre-regardèrent, mi-effrontées, mi-intimidées.

— On n'a rien vu ...
Ils passèrent dans le couloir.

— Quel âge avez-vous ?
— Vingt ans.
— Vingt-deux. Vous voulez voir nos papiers ?
— Ça va. Vous faites beaucoup plus jeunes. Votre amie, elle le connaissait, le garçon qui lui a fait ça ?

— Rose-May ne sort pas beaucoup. Encore moins avec des types de la zone. Mais je ne crois pas que ce soit une affaire d'honneur, je pense que ça a plutôt à voir avec ce qui s'est passé la semaine dernière, avec une des filles de Mme Lui Yan.

— C'est un d'une bande nouvellement installée à la Duchère, renchérissait l'autre gamine. Il paraît qu'ils ont des parts dans les nouveaux immeubles qui se construisent, des trucs chers. Nos parents disent que c'est la nouvelle génération de mafieux. Des fils de bourges venus des pays de l'Est.

— Il est entré à l'épicerie, quand une des filles de Mme Lui-Yan y était, reprit sa copine. Il lui a demandé combien elle prenait. Siman, c'est son nom, a répondu qu'il n'avait pas les moyens. Il l'a frappée, le père de Rose-May a voulu s'interposer, et le mec a répondu qu'il reviendrait. C'est un dingue. Un homme de main d'un caïd de la came, qui essaie de débaucher les dealers en place, et qui met des armes à feu dans les mains des petits. Ca ne plaît pas trop aux bandes des quartiers, mais ils ne font pas le poids en face, pour le fric et les flingues...

— Ce sale type ... On croit qu'il est soutenu par ... par des gens importants !

— Oui, et il se graisse sur les petits commerçants nouvellement installés, vous voyez, et il fait faire le sale boulot par les gamins.

Elle se turent brusquement, sans doute effrayées d'en avoir trop dit. Puis :

— Vous allez dire que c'est nous qui vous avons parlé de ça ?

— Sûrement pas. C'est quoi son nom, à cette terreur ?

— C'est Mensuy, je crois. L'homme de main de Peltier, un type encore plus puissant. Mais en fait ... Il n'est pas français ! Enfin, je veux dire : Peltier. On ne sait pas si c'est son vrai nom.

— Et elle tapine où, Siman ? Au Centaurus de Perrache ?

— Plutôt dans la Presqu'Ile et dans le vieux Lyon, je crois, dans les restos chicos.

— Elle est d'origine asiatique ?

— Oui. Elle porte toujours des lunettes noires. Mais moi, je ne lui ai jamais parlé. C'est le père de Rose-May, qui la connaît.

Ulrich prit un amer bière au premier bistro qui se présenta. Il appela Elodée, pour savoir si tout allait bien. Elle l'envoya bouler, ce qui valait toutes les assurances sur son état de santé physique et mental.
— Tu ne pourrais pas dire à Maman que je ne rentrerai pas dîner ?
— Tu ne peux pas le lui dire toi-même ? J'attends des appels vachement importants.
— Son portable ne répond pas.
— Et la messagerie, c'est pour les poulets ? Bon, ça va, ronfla-t-elle, je transmettrai, salut !
Londaine eut honte de déléguer, surtout à Dédée, la prunelle des ses yeux, mais il n'avait pas le courage ni l'envie de se raconter.

Il n'avait besoin que d'une seule chose, et il se rendit compte que ce désir ne l'avait pas quitté, plaqué en filigrane sur tous les actes de sa journée. Qu'il avait même déterminé son action. Aurait-il agi ainsi, avec des spontanéités de jeune homme, s'il n'avait pas brûlé du besoin de serrer Volodia contre lui, sentir vibrer sa peau, son coeur, son sang. Embrasser ses doigts fins, ses paupières nacrées, ses lèvres bombées.
Il commanda un autre picon bière, et fila dans la nuit.

7

La rue Basse-Combalot avait retrouvé un calme relatif et le goudron était balayé : il ne restait plus que quelques scintillements de verre sur la chaussée. Les commerces qui n'eurent pas à pâtir de l'échauffourée déversaient des parfums exotiques et des relents de friture sur les trottoirs. Quelques véhicules disloqués, aux roues crevées, témoignaient encore du saccage.

Le meneur de la bande refusait de causer. Évidemment, la croisade pour laver l'honneur de l'un d'entre eux ayant essuyé une rebuffade, — leçon bien apprise qu'il répétait en boucle —, n'était qu'un prétexte pour semer le trouble dans un quartier en devenir qui ne souhaitait que commercer sereinement.
D'ailleurs, les informations des indics recoupèrent les dires des deux petites chinoises : un certain Peltier débarqué l'année dernière d'on ne savait où, très bien organisé, et donc, bénéficiant des moyens pour ce faire, tentait de s'infiltrer dans les communautés en jouant sur leur fragilité lorsqu'il y avait possibilité de chantage, mais aussi de récupérer l'économie parallèle de la drogue, des ateliers clandestins, des jeux et de la prostitution.

Les caïds s'inquiétaient : que faisait la police ? On le disait roumain, malgré son nom, et très bien en cour à Ramnicu-Valcea, ville du sud de la Roumanie surnommée capitale de la cybercriminalité.

Mais il semblait que personne ne l'eût rencontré. On prétendait qu'il était atteint d'une pathologie l'obligeant à ne sortir que la nuit.

Debard, furax, vint porter la parole suprême dans les locaux de la crim' : le « *Gatto* » savait qu'il paraîtrait demain dans la presse locale, une photo de Londaine et Vilejo, leurs armes braquées sur les tempes du petit casseur. Retenu au ministère, le grand directeur tacherait d'intercéder, voire de marchander avec les rédac'chefs des canards qui lui devaient sûrement un petit service. Sans parler bien sûr de la police des polices ! On n'avait vraiment pas besoin de ça en ce moment !

— D'accord, les chargeurs étaient vides ! beuglait Debard. Mais des morveux de douze ans en moyenne ! Vous cherchez les émeutes à répétitions, vraiment !

Londaine répugnait à se justifier devant les hommes. Il rejoignit le directeur adjoint dans l'ascenseur :

— C'était la seule solution pour les arrêter sans trop de mal. Certains jeunes avaient des armes à feu, et ne semblaient pas savoir s'en servir. Mais je peux vous affirmer que les tireurs planqués dans les étages visaient fort bien ! Le lieutenant Bassanian en sait quelque chose ! La scientifique a retrouvé des impacts de balle dans les débris d'au moins deux vitrines et des pare-brise, et des douilles à foison dans la rigole. Et elles ne provenaient pas de nos propres armes.

— La petite fripouille que vous avez appréhendée n'en portait pas ! Vous aviez vos brassards au moins ? Que voulez-vous que je raconte aux bœufs carottes ? Il fallait laisser faire le GIPN, que diable ! Leur commandant, Kylian Lazare, connaît bien Lyon et ses problèmes ! Il a toute notre confiance !

— A mon sens, ç'aurait tourné au massacre. Il y avait foule au bout de la rue, qui regardait ça comme un western !

— Ça y ressemblait, si vous voulez mon sentiment ! Londaine, vous n'êtes pas la GIPN, je vous l'ai déjà dit ! le chef de cabinet du Préfet a cassé les pieds à Lamour, il n'y a pas une heure, afin de savoir pourquoi on ne leur a pas commandé d'intervenir ! Il y a trois jours que vous avez pris vos fonctions, et regardez le bordel ! On nous avait bien prévenus à Nîmes, mais le « *Gatto* » vous voulait absolument ! Oh, et puis, quand il rentrera, vous vous expliquerez avec lui, si d'ici là, une guerre des gangs n'a pas éclaté ! Où en êtes-vous, pour le meurtre du Centaurus ?

— On y travaille, M. le Directeur adjoint.

— Oui, eh bien, assez de rodéo, voulez-vous ? Les Russes, et maintenant la communauté chinoise ! Sans parler des Arméniens qui ont bien failli défoncer ma porte, parce qu'un de leurs enfants a été blessé ! Vous savez ce que cela représente, pour la Mairie, les voix des Arméniens, lors des prochains scrutins ? Londaine, vous voulez ma mort, ce n'est pas possible !

L'étreinte fut rapide, et Ulrich repartit rongé d'insatisfaction, au hasard de la ville qui s'apprêtait pour la nuit. D'ordinaire, les lumières et les ombres pleines de mystère l'euphorisaient comme un cordial. La ville lui appartenait. Il craignait moins ses périls que la crudité des crimes de plein jour. Cette nuit, il aurait voulu prendre son temps, dîner, entrevoir une autre vie, être quelqu'un d'autre dans les yeux caressants de Volodia.
Mais elle était pressée. Elle ne cessait de regarder sa montre, un bijou de grand prix, et se donna vite contre le dossier renversé de la voiture planquée sous un platane du quai Gailleton, où rôdait un

monde interlope, matant les vitres fumées avec des trognes d'affamés.

—On pourrait aller chez toi.

—Je n'ai pas de chez moi, mon cher.

Il levait les sourcils.

—Tout est en travaux, mon bel ami. On ira à l'hôtel, si tu veux bien, comme la première fois. Pas ce week-end, je suppose que tu le passes avec ta famille ?

— Ce week-end, je travaille. On a pas mal de soucis, en ce moment.

— Et ta femme, elle se console comment, de tes absences ?

Il ne répondit pas, il la trouvait étrange, ce soir. Fébrile. Il aurait voulu lui demander si elle était contente, si ç'avait été bien, des puérilités de jeune homme. Il réalisa qu'il n'avait jamais trompé Roxane, ou alors, il y avait longtemps, c'était oublié, et il se disait que le don de son seul corps, qui répondait encore si bien, pourtant, était un présent bien dérisoire pour une femme aussi luxueuse que Volodia. Cette beauté. Ce miracle mystérieux qui venait de se glisser dans sa vie comme la chose la plus naturelle du monde.

— Tu as une cigarette ? Oh, et puis non, merci, je n'ai pas le temps ! C'est partie remise, n'est-ce pas, mon trésor ? Tu ne m'en veux pas ?

— Tu veux que je te dépose ? dit-il, maussade.

— Non, merci. J'irai à pied.

— On peut savoir où ?

Elle demeura un instant la main sur la poignée, inquiète, peut-être.

— Moi aussi, j'ai des devoirs familiaux, si tu veux savoir.

Il pensa plutôt à un rendez-vous galant, mais elle n'était ni vêtue, ni maquillée de façon sophistiquée comme la première fois qu'il l'aperçut, et il opta pour une vieille tante malade.

Londaine attendait le presque bout de la nuit pour récupérer la tapineuse de Mme Lui Yan, lorsqu'elle regagnerait ses pénates avec sa dose de tous les poisons humains, et qu'ainsi, pour avoir plus vite la paix, elle accoucherait vite et bien.
Il retourna à la brigade où Gentil et Lazarus étaient comme lui d'astreinte. Il obtint de bonnes nouvelles de Bassanian, qui, d'ici une quinzaine, pourrait s'adonner de nouveau à son sport favori : conter fleurette aux « mères » lyonnaises.

Pour l'inconnu du Centaurus, on avançait : le Dr Ladvit avait expédié un rapport intéressant : il se pouvait bien que la dentition de la victime dût son esthétique aux travaux d'un orthodontiste suisse, qui pour une part, bâtissait sa renommée sur l'utilisation de ciments biologiques à base de propolis. Matériau que l'on retrouvait dans la bouche du faux Vlad Sorosko. Le labo se chargeait de contacter l'Ordre des Chirurgiens-Dentistes Helvétiques.

    — Des nouvelles de Sathi ?
    — Pas encore, patron.
Lazarus tressaillit à ce vocable. Il décocha à la capitaine, une oeillade en coin.
    — Je ne sais pas si c'était judicieux de l'envoyer seul là-bas, dit-elle.
    — Je pourrais le rejoindre, proposait Lazarus. Pendant qu'il bavarde avec le portier, j'irai visiter l'office.

Londaine et Jolène Gentil demeurèrent longuement à évoquer les événements tragiques de la journée, en partageant sandwiches et bière. Ils rirent ensemble lorsque la capitaine se remémora son tour de chant.

— J'étais tellement dans les vaps que vous m'auriez demander de danser le tango sur le capot des voitures, je le faisais !

— Debard nous prend pour des fous. Mais je me suis inspiré de mon commandant de Nîmes. On l'appelle le crocodile. Il se déplace au ralenti, mais a des fulgurances incroyables pour appréhender une situation. La première fois qu'il m'a commandé de chanter sous les projectiles d'un caillassage en règle commis par une bande de la banlieue, j'ai cru qu'il avait pris un coup de chaud. Eh bien, croyez-moi si vous voulez, on s'est trouvés brusquement face à des agresseurs médusés, et les rappeurs de notre côté. Oh, l'accalmie n'a pas duré longtemps, trois minutes tout au plus ! Mais ainsi, les pompiers ont pu briser un barrage en douceur, se frayer un chemin jusqu'à nous et calmer à grand renfort de lances à eau, les agresseurs qui reprenaient du poil de la bête.

Ils échangèrent des impressions et des souvenirs. Jolène parla de Nemat. Oui, c'était un grand policier. Jusqu'à sa rencontre avec cette fille. Elle l'avait envoûté, carrément !
La capitaine dévisageait Londaine de ses grands yeux clairs, demandait comment ça se pouvait, ça, d'être subjugué par une fille, à en perdre le boire, le manger, le sens de la famille, d'une seconde à l'autre, même si c'était une très belle créature.
Ulrich secouait la tête, se servait à boire, évitait ce regard limpide. Oui, comment une chose pareille pouvait-elle se produire ? Il eût bien été incapable de le dire.

Et pourtant, depuis le départ de Volodia, il brûlait d'anxiété, de jalousie, de désir encombrant et même de rage, puis passait soudainement à une plaisante euphorie, sûr de la retrouver, de la posséder. Comme si elle lui appartenait.

— Savez-vous ce que c'est de se battre contre une ombre, insaisissable comme elle ? soupirait Jolène. Si j'avais pu la rencontrer, ou tout au moins savoir son nom, où elle habitait... Et maintenant …

— Le commandant Nemat vous en apprendra plus, lorsqu'il sortira de son coma. Et nous n'allons pas lâcher la piste des petites roumaines. On va trouver, vous verrez !
Gentil avait les yeux rouges, et peut-être bien que la bière irlandaise lui montait à la tête.

— Vous savez, renifla-t-elle, je … je vous en voulais de prendre la place de Julien. Je m'étais jurée de vous le faire payer, enfin … je veux dire .. avec les hommes …

— Laissez … On n'a pas un métier commode, Jolène. Ce n'est pas facile de se dédoubler sans arrêt, de se mettre à la place des autres, de laisser ses émotions au placard. Je connais ça aussi.
Il posa amicalement sa main sur la sienne.

— On subit tous ces déchirements, ne vous en faites pas. A propos, vos hommes ont fait preuve de beaucoup de courage, dans Chinatown. Le brigadier Turini pourrait remplacer un peu Bassanian, pendant qu'il se remet.

— Antoine Drahaye nous aiderait mieux. Il a une connaissance approfondie des milieux du vice, et c'est un fameux limier. Les informaticiens qu'il contrôle pourraient se passer de lui un moment. De plus, nous avons deux stagiaires qui s'y entendent, en gestion de fichiers.

— Qu'il aille sur le terrain de manière sporadique, alors. On a trop besoin de lui aux manettes. Il dirige un précieux interface avec tous les services de renseignements sans lesquels nous ne pourrions pas avancer. D'ailleurs, dans l'affaire des petites roumaines, et par conséquent de Baby Doll, je me demandais s'il n'y aurait pas une histoire de trafic de gosses, là-dessous. Abitbal raconte avoir vu une silhouette malingre auprès du corps de la gamine tombée du toit. La même nuit, les carabins ont entendu des voix d'enfants, sur ce même toit. Et les lapins en porte-clés... Ce serait bien que Drahaye se rencarde sur les réseaux, et de cuisiner deux ou trois indics sur les passeurs de mômes en transit à Lyon.

Londaine émit le souhait de se rendre aux Puces du Canal de bonne heure, pour tâcher de mettre la main sur la fameuse Irène, amatrice d'icônes sous verre. Férue de portraits, elle ne manquerait pas de dépeindre précisément Jacqueline Paroton. Sans doute connaissait-elle ses activités plus ou moins licites, et ainsi, le commandant apprendrait-il peut-être du nouveau sur le trafic des petites roumaines et des petits lapins en peluche.

Ulrich poussa la porte du *Dragon Rouge*, et une clochette porte-bonheur tintinnabula gaiement, comme dans un innocent bazar de quartier. Sauf que les individus qu'il croisa, enrobés de soie rouge, n'avaient rien de commis de magasin, et semblaient déjà si détachés de tout qu'ils n'entendirent même pas ses questions.
Une portière de laque glissa, libérant une subtile fragrance pharmaceutique et sucrée. Ici, la tisane que l'on servait pour se détendre s'apparentait plus à la décoction de pavot qu'à la menthe-camomille. Ulrich entraperçut un long corps nacré ondulant comme un beau serpent, auprès d'un torse velu et noueux. Un crâne

dégarni, de chevrotants murmures, avec en contrepoint, de petits rires acidulés. Le panneau revint en place.
Londaine se proposait de visiter un peu, et choisit de s'engager dans un couloir moquetté, rouge lui aussi, lorsqu'une avenante geisha en fourreau de satin noir le prit fermement par le bras. Elle s'inclina gracieusement.

— Avez-vous rendez-vous ?

—Non, j'ai vu de la lumière, je suis entré.

— Comme vous avez eu raison. Souhaitez-vous quelque relaxation particulière ? Je m'appelle Loki, et je suis à votre service. Je ne crois pas avoir eu le plaisir de vous voir avant ce soir.

Il chercha autour de lui :

— On m'a recommandé Siman.

La jeune femme lui jeta un regard pénétrant, eut un demi-sourire :

— On ne peut rencontrer Siman de cette façon. Siman se mérite. D'ailleurs, elle n'est pas là ce soir. Mais nous avons beaucoup d'autres hôtesses très expertes dans l'art de dénouer les tensions que la vie trépidante actuelle ne manque pas de provoquer.

— Soit. Va pour une hôtesse experte.

— Mademoiselle Chou sait merveilleusement lisser les muscles et réchauffer les plexus. Par de profonds massages en périphérie du nombril, puis de subtils pinçons des orteils, elle relance les énergies des grands méridiens. Et ce n'est qu'un début ! De plus, c'est une des rares chinoises blondes de cette ville. Ainsi, pourrez-vous l'admirer tout à votre aise pendant une demi-heure.

— Je ne voudrais pour rien au monde manquer d'apprécier ce prodige.

— Puis-je avoir votre carte ?

— Ma carte ?

— De crédit. Ainsi, une fois liquidées les misérables considérations pécuniaires, pourrez-vous tout à fait librement vous adonner au plaisir de la détente. C'est 150 euros, s'il vous plaît.

— C'est plus cher que la femme à barbe.

— Vous faites une affaire. Et d'ailleurs, Siman est beaucoup, beaucoup plus chère ...

L'hôtesse tira un rideau, rouge, et poussa Londaine dans une sorte de cabine d'esthétique tendue de peluche rouge.

Londaine se laissa masser les trapèzes, et le fait est qu'il en éprouva aussitôt un évident bien-être. Les pensionnaires du *Dragon Rouge* n'usurpaient pas leur réputation.

Sans frapper, la geisha de l'accueil passa le nez, fit signe à la blonde Mademoiselle Chou de la rejoindre. Londaine entendit clairement : « Ça *sent le poulet* ... », et il sut qu'il était grillé avant d'entrer, et qu'il n'obtiendrait rien ici.

Moyennant 50 euros en sus qu'elle glissa dans son décolleté artificiellement étoffé, Miss Chou consentit néanmoins à confier que certaines filles du *Dragon Rouge* hantaient volontiers le Centaurus de Perrache, que Siman étaient de celles-là, et que oui, elle portait les cheveux longs et des lunettes de soleil.

— Où habite-t-elle ?

Mademoiselle Chou ayant touché sa rétribution, s'adonnait à sa toilette sans retenue, montrant ainsi que la séance était terminée. Le nez contre le miroir, elle examinait ses gencives roses, et claqua de la langue :

— Je l'ignore, et d'ailleurs, si je le savais, je ne vous le dirais pas.

Dans les iris d'ambre de la fille, Londaine lut la peur bien connue des créatures aux mains de dangereux proxos. Agents doubles aussi, comme elles le sont toutes par obligation.

Évidemment, Redeven saurait dans la demi-heure qui suivrait, que le *Dragon Rouge* avait reçu la visite d'un nouveau flic. Tant mieux. Le capitaine des mœurs apprendrait par la même occasion que Londaine ne lâchait rien.

Ulrich alla s'asseoir dans un bistrot de bout de rue, commanda un thé au jasmin qui sentait l'eau de Cologne, et attendit en regardant passer des ombres chinoises.
Une fille poussa la porte, et le courant d'air fit voler ses longs cheveux noirs, porta jusqu'à Londaine un bouleversant parfum de femme et de luxe. Des lunettes fumées cachaient son regard, et la ceinture de son trench soulignait sa taille fine. Elle se planta devant la table, en posant ostensiblement sur le formica, son sac Hermès en crocodile.
— Je suis Siman, dit-elle d'une voix limpide comme une onde fraîche. Il paraît que vous me cherchez ?
On avait là un produit haut de gamme, et sans doute aucun, les prestations à l'avenant. Pourtant, Ulrich fut déçu, sans savoir pourquoi. Il s'attendait à autre chose.
— Alors comme ça, c'est vous qui jouez les Texas rangers dans Chinatown ?
Donc, Siman pensait qu'il était là pour l'échauffourée de la rue Basse Combalot. Bonne pioche.
— Que buvez-vous, mademoiselle ?
— Rien de ce que vous pourriez m'offrir dans cette turne. J'ai un congrès d'œnologues, tout à l'heure.
— Au Centaurus de Perrache ?
— C'est privé, de toutes façons ...
Elle s'exprimait bien, posée droite sur sa chaise. Il aurait aimé voir ses yeux.

— Je n'ôte jamais mes lunettes à l'extérieur. Prenez rendez-vous, si vous souhaitez que nous fassions plus ample connaissance. Cependant, je dois vous dire que je suis surbookée.

Il remarqua que, malgré son impassibilité, Siman avait de petits gestes compulsifs de la main, et fronçait son bout de nez de façon significative. Son calme n'était qu'apparent. Hyperémotivité. Drogue.

De qui était-elle la régulière ? Assez belle pour un bras droit de la pègre. Ou un conseiller. Ou le grand chef, peut-être …

Il frappa au hasard :

— C'est Mensuy qui vous envoie ?

Elle bougea à peine.

— Mensuy a pris un refroidissement, récemment … Je crois qu'il prend les eaux du côté de l'Ile Barbe.

— Vous êtes bien renseignée. Peltier alors ? C'est votre amant ?

— Goujat ! Je voulais seulement vous montrer que j'ai du biscuit. Je vous croyais plus fin que ça, d'après ce qui se dit.

Siman était bien la maîtresse du grand chef. Elle tâtait donc du proxénétisme. Elle connaissait les réseaux, et sans doute était-ce bien elle que la femme de ménage du Centaurus avait repérée. Peut-être cette gracile beauté avait-elle dessoudé le faux Vladimir Sorosko.

Londaine l'observa plus attentivement. Elle avait de temps à autre un tic nerveux de la bouche, et tournait lentement la tête vers la devanture.

Elle ne pouvait être venue de son propre gré, à découvert, dans un quartier où les sbires des caïds de la pègre se mêlaient à la clientèle

des bars et des boutiques qui fermaient tard, afin d'en prendre la température, ou leur proposer leur protection.
On l'avait envoyée pour donner un os à rogner au commandant de la crim'. Fallait-il jouer franc jeu et l'interroger sur le meurtre du Centaurus ? Mais pourquoi Peltier se dévoilait-il ainsi ? Quel était l'enjeu ? Qui allait y laisser sa peau ? Siman ou Londaine ?
Ulrich assujettit son arme, passée dans sa ceinture contre son dos. Siman tenait son sac comme un bouclier. Elle tapotait le cuir luxueux de ses ongles rouges s'ornant de minuscules dragons en brillants.
Elle attendait. Il s'agissait de ne pas se tromper.
Plus jeune, il aurait d'abord misé sur sa virilité, ses yeux qu'on disait de velours. Certaines professionnelles aimaient bien se payer un joli flic, pour le fun, ou pour leur tableau de chasse.
Mais les temps changent, et ce qu'on ne peut payer de sa personne, il ne reste qu'à l'acheter en espèces sonnantes et trébuchantes. Enchérir un maximum pour le souffler aux autres. Toutes les péripatéticiennes pensent à leur retraite.

Il dégaina : une belle liasse prélevée dans le coffre aux pièces à convictions. Il s'arrangerait ensuite avec le *Gatto*. Quand tout serait fini. Son ardoise s'allongeait ...
Il poussa l'enveloppe vers Siman. Elle l'ouvrit légèrement, promena son ongle-bijou sur la liasse. Elle hocha la tête, et sa chevelure exhala une onde ambrée :
— Je veux le double, tout à l'heure, et que vous m'emmeniez à Satolas. C'est au sujet du russe de la 325, n'est-ce pas ?
Il l'observa, réfléchissant à toute allure.
— Pourquoi parleriez-vous ?

— Parce que Peltier est devenu vraiment dingue, il l'était déjà méchamment, mais avec les doses de morphine qu'il s'injecte...
— De quoi souffre-t-il ?...
— Une sorte de lèpre qui le ronge depuis longtemps. Je ne sais pas. Alors ?
— D'accord. Prenez ça, on va tout de suite à la boîte chercher le solde, ensuite, je vous emmène à l'aéroport. On vous a vu pénétrer dans la chambre du russe.
— Probable. Sorosko, ce n'est pas son vrai nom.
— C'est quoi, son vrai nom ?
— Je l'ignore. Peltier m'avait demandé de le liquider. Mais de le faire parler avant, avec mes propres arguments.
— Parler de quoi ?
— Des enfants.
— Et alors ?
— Il était malin. Et vicieux. Mais il n'avait encore reçu aucune consigne. Je n'ai rien pu apprendre. Il m'a dit que je saurais tout le lendemain. J'étais écœurée. Lui aussi, est malade.
Elle se leva, ôta ses lunettes. Elle avait les paupières comme un coucher de soleil sur le Yang-tsé-kiang.
— Peltier est coutumier du fait. Comme je n'ai rapporté aucun renseignement, ç'a été ma fête. J'en ai ma claque, je me casse. D'ailleurs, je ne lui manquerai pas trop. Il en a une autre.
— Et le russe ?
Elle tressaillit :
— Le lendemain, quelqu'un d'autre s'était chargé du boulot.
— C'était quoi, la raison du contrat ?
Siman alluma une cigarette, souffla une bouffée, l'écrasa dans le cendrier.

— Un contrat, on n'en demande jamais la raison. On l'exécute, c'est tout.

— D'accord. Les filles qu'on a retrouvées soi disant suicidées, d'où viennent-elles ? De Russie ?

— Si vous le savez, pourquoi le demander ?

— Et les enfants ?

— Peltier les cherche. C'est tout ce que je sais.

— Et le russe emmène les enfants... de Lyon en Russie ? Ou le contraire ?

— Peltier les cherche toujours, je n'en sais pas plus.

— Combien d'enfants ? C'est un réseau ? Des pédophiles ?

Siman posa les coudes sur la table, le fixa longuement, fit une petite grimace.

— Tu voudrais bien le savoir, hein ? Finalement, tu vas beaucoup à la pêche, mais tu reviens souvent bredouille. Les Lyonnais ne sont pas bavards. Mais j'ai un boni pour toi. Peltier ne cherche pas que des enfants, ils court après des tableaux. Des toiles de très grande valeur.

— Le russe, le faux Sorosko, il passe aussi des tableaux ? Prends garde à toi, si Peltier t'a chargée de me raconter des craques...

« *Si tu m'aimes, prends garde à toi ...* » chantonnait Siman sur l'air de Carmen.

Elle sourit, et ses joues se creusèrent de fossettes adorables.

— Oui, le faux Sorosko était là aussi pour des tableaux. Je l'ai entendu au téléphone.

— Tu comprends le russe ?

— J'en ai fait un peu à la fac. J'ai compris les mots « tableaux », « fourgon », « animaux sauvages ».

— Il téléphonait à Peltier, le faux Sorosko ?

— Non, à une femme. Pendant que je me rhabillais. Il a dit « Douchka ».
— Allons-y. Tu me mettras tout ça au propre dans la voiture.

— Et Redeven, Siman ? Tu le connais bien ?
— Comme Nemat, comme toi, il aime les jolies femmes.
— Quel genre de jolies femmes ?
Elle s'installa à la place du mort, vérifia son maquillage.
— Roule, maintenant. Redeven te ressemble. Pris en tenaille entre le bien et le mal.

8

Les marchands déballaient à la lampe. Londaine demanda après une certaine Irène, qui vendait de bondieuseries sous verre, mais les chineurs, avec des gestes de dénégation, retournaient bien vite à leurs tractations fébriles, ombres extravagantes dans le faisceau des lampes irisant la brume du canal proche. La buvette exhalait déjà des fumerolles de grillades, et le commandant alla prendre un café. Le froid venait d'un coup en cette fin d'octobre. Comme entrée en matière, Ulrich en fit la remarque au cuisinier-barman.

— Bah ! Ça ne décourage pas les amateurs, allez ! Même au plus fort de l'hiver, il y en a qui dorment dans leur voiture, pour être au plus tôt à dénicher la bonne affaire au cul du camion ! Tenez, goûtez-moi ça ! Vous m'en direz des nouvelles, foi de Bicot ! Bicot, c'est mon surnom, parce que je suis un fan, vous avez peut-être lu cela dans votre jeunesse ? Qu'est-ce que je raconte ... Plutôt votre père !

L'homme emplit deux petits verres d'eau-de-vie, dont le flacon recelait en sa panse, une énorme poire dorée. Londaine apprécia comme il fallait le nectar fort et moelleux.

— Vous viendriez le soir, quand les mafieux sont là, on vous servirait plutôt « l'herbe amère » ! pérorait Bicot.

— Les mafieux ?

Bicot briquait son comptoir recouvert de zinc, un vrai de vrai, du siècle dernier :

— Ouais ... Enfin, on les appelle comme ça ... Parce qu'ils rachètent tout. Ils en embarquent des pleins camions, les italiens et les russes, notamment

— Du blanchiment ?

— Houla ! J'ai pas dit ça ! Non, il y a les honnêtes marchands, plus nombreux qu'on le pense ! Et les autres ... la mafia napolitaine et russe ... Mais moi, je ne leur demande pas leur blase ! Tout ce que je sais, c'est qu'ils sont grands amateurs d'herbe amère ! Vous savez ce que c'est ?

— Du haschich ?

— Eh non ! rigolait Bicot. L'herbe amère, c'est l'armoise ! L'absinthe, quoi ! La verte ! Les russes en sont fous ! Ca pousse comme du chiendent chez eux, paraît-il. Savez-vous comment on procède pour se rincer le gosier ? Vous mettez la cuiller ajourée sur le bord du verre, avec le sucre, l'absinthe au fond, on ne doit pas voir un gros cafard à travers, et vous versez l'eau bien doucement ! Ca vaut tous les paradis artificiels des petits cons actuels ! Allez, je vous montre !

— Je croyais que c'était interdit ...

— Vous êtes flic ou quoi ? Ça l'était, ça ne l'est plus ! Et la verte ne s'est jamais si bien portée, croyez-moi !

Le patron du troquet, dévotement et en silence, effectua le rituel. Quand le sucre eut fondu, Londaine trempa les lèvres dans le breuvage, retrouvant l'amertume oubliée. Ça remontait à quand ? Ah oui, vers Aimargues, au mazet de la Vivette qui faisait son absinthe elle-même : une bombe atomique !

L'estomac déchiré, la bouche en feu, le front en nage, Ulrich avait ce jour-là roulé dans les vignes avec la fille de la tenancière,

qui s'appelait ... Véronique ... ou Angélique, ou Valériane, peut-être ... Un nom de plante, en tous cas !
Ulrich se trouva tout perplexe de cet afflux de souvenirs ; sans doute les effets de la verte. La tête lui tournait :
— Vous auriez quelque chose à manger ?
Bicot se gondolait :
— Elle ramone, pas vrai ? Alors : frites merguez, andouillette au vin blanc, rosette de Lyon, jésus cuit, comme vous voulez.
Ulrich opta pour l'assiette de cochonnaille et un pot de Beaujolais. Le patron héla un gamin hirsute, mal réveillé :
— Va chercher la poitrine salée et les grattons dans la réserve, au lieu de ronfler, pendant que j'installe monsieur ! Et les chichis, ils vont se frire tout seuls, peut-être ?
Puis, toquant son verre contre celui d'Ulrich :
— Qu'est-ce que vous chinez ?
— Les globes de mariées et les sous-verre kitsch.
Bicot haussa les épaules :
— Chacun son truc. A cette heure, c'est plutôt le bois. On ne vous voit pas souvent par ici...
— J'étais dans le midi. Mais je viens d'être muté de nouveau à Lyon. Je suis fonctionnaire.
— Ça a des avantages ...
— Vous prendrez bien un verre avec moi.
— Alors, à la vôtre !
Au second verre, le palais s'habituait, prenait ses aises, la tête aussi. Les vapeurs raisonnablement anisées de la liqueur vous décrassaient le nez et les idées.
— Je pensais trouver Irène. C'est chez elle que j'ai chiné mes plus beaux spécimens !
Bicot fronçait le sourcil :

— Irène ? Qué Irène ?

Bonne question. Londaine eut une inspiration soudaine :

— Elle tenait souvent le stand avec son amie Jacqueline. Une belle femme, brune, bien roulée ! Vous voyez qui je veux dire ...

Bicot les resservit, se pencha vers Ulrich :

— Si je vois ! C'est d'Irina, qu'il s'agit ! Et de Baby Doll, je veux dire, Jacqueline, sa copine : la pauvre, elle est morte ! Dans son métier, il y a des risques. Un salaud qui lui a fait la peau en la tabassant à mort. Il lui aurait même lacéré ses vêtements au cutter, vous le croyez ça ? A la vôtre !

— Je ne sais pas si je vais retrouver ma voiture ... Il y a des ces fous furieux ...

— Pas si fous que ça ... Vous savez ce qu'on dit ? Les filles, souvent, elles planquent leur valeur ou le peu qu'elles ont de côté dans leurs nippes, vous voyez ... C'est toujours ça que les proxos ne leur prennent pas. Mais comme c'est un peu le secret de Polichinelle... Si ça se trouve, Baby Doll, elle avait sa galette dans sa doublure. Les anciennes le font bien, de coudre leurs économies dans leur dessous. Ben, c'est pas si bête ! Mes grand-mères, qui étaient des honnêtes femmes comme on n'en fera plus jamais, transportaient leur porte-monnaie dans une poche d'un de leurs longs jupons.

— Irina, ç'a dû méchamment la secouer, l'assassinat de son amie.

— Comme vous dites ! Je ne l'ai pas revue depuis jeudi de la semaine dernière. Il faudra que je l'appelle, tiens ! Comme elle vit seule, et qu'on ne lui connaît pas de famille, il ne faudrait pas qu'elle soit malade et qu'on n'en sache rien.

— Son stand est peut-être fermé.

— C'est possible. Voulez-vous que je lui téléphone ? Si elle avait quelque chose pour vous.

— C'est aimable. Vous savez où elle habite ?

Bicot ne répondit pas, tira de dessous le zinc un énorme répertoire.

— Bon, il me faut mes lunettes !

Il fouilla autour du tiroir caisse, disparut en bougonnant derrière la porte d'un cagibi. La gamin hirsute tournait le dos, occupé à retirer les beignets de l'huile bouillante. Londaine se pencha, feuilleta sans bruit jusqu'à la lettre I, mémorisa le numéro en face du prénom : Irina.

Le patron le trouva en train d'engloutir son assiette de charcuterie, compulsa le livre à son tour, composa les chiffres sur un vieil appareil gris. La sonnerie retentit dans le vide. Longtemps.

A la boîte, on communiqua à Londaine l'adresse de Irina Galissimova, au 17, rue Emile Zola.

En outre, le sort de Siman le préoccupait : elle ne traverserait jamais les filets. Comme elle le prétendait, elle avait préparé son départ, mais dans le milieu, tout le monde surveille tout le monde, et se hâte d'avertir les chefs, par servilité ou intérêt. Elle avait évoqué un possible trafic d'enfants : les réseaux les pires, les mieux structurés. Malheur à celui ou celle qui transgressait la loi du silence.

— Vilejo, rencardez-vous dans les hôpitaux et ailleurs : je me fais du souci pour une dénommée Siman Linh Dao, une des filles du *Dragon Rouge*.

— Ça roule, patron. On vérifie aussi les aéroports ?

— Non, on ne sait jamais, les nouvelles vont si vite. Inutile de leur faciliter la tache. Seulement les lieux que peut hanter une habituée des roustes.

Par analogie, Londaine pensa subitement à Florian Abitbal :

— Ah, et puis ... Dans le même ordre d'idées, Lazarus, allez voir chez le jeune Abitbal.

— Pourquoi moi, patron, parce que le jeune est garçon coiffeur ?

— Ce petit dealer me préoccupe. S'il attendait la police, sur le lieu du pseudo-suicide de la petite de la rue Bèchevilain, c'est peut-être bien pour se dédouaner, ou se mettre à l'abri. Peut-être a-t-il vu plus qu'il ne le prétend. Savez-vous où en est le lieutenant Drahaye, au sujet du trafic d'enfants dans la région ?

— Il n'est pas là. Je lui dis de vous rappeler.

— D'après un de nos indics, les petites roumaines seraient en fait des russes. Dites à Antoine de nous faire un état des lieux sur les passeurs patentés de la nouvelle Russie à Lyon.

Ulrich grimpa sous les toits. Un joyeux rayon de soleil filtrait par une lucarne faisant gaiement danser la poussière. Il s'immobilisa. Il venait de respirer l'odeur de la mort. Il considéra les portes voisines, où ne se lisait aucun nom. Irina avait-elle aussi succombé à une crise cardiaque ?

Il tira son arme, et carré contre le mur, tourna lentement la poignée. La porte s'ouvrit sans difficulté et sans bruit, sur une subtile mais tenace odeur de décomposition. Et le noir qui régnait dans la pièce semblait s'exhaler aussi du cadavre que Londaine allait découvrir. Il entra, écouta. Puis appuya sur le commutateur.

Assise dans son fauteuil, Irina le contemplait d'un regard perplexe, du même bleu que la petite roumaine tombée du toit.

« Ce ne sont pas des roumaines, ce sont des russes ... »
Des russes. Que se passait-il avec ces femmes ? Une filière ? Londaine pensa à Redeven. Le Belge en savait-il plus qu'il ne

voulait le dire ? Pourquoi cette insistance à récupérer le dossier de la petite victime de la rue Bèchevilain ?

Que savait la brocanteuse, pour qu'on l'eût supprimée, tout comme Baby Doll ?

Sur le linoléum, des empreintes de pas imprimés dans ... la farine ... Il faillit ôter le bandeau qui avait empêché la pauvre femme de crier. Ses poignets étaient attachés aux accoudoirs du fauteuil Voltaire.

Un fatras de bibelots que l'on avait, semblait-il, examiné un à un avant de les jeter au sol, encombraient la soupente, et les murs et la porte disparaissaient sous les sous-verre religieux. Certains étaient brisés. Les tiroirs de la commode, et ceux d'un petit bureau Henri II, avaient été vidés de leur contenu, et retournés : des factures, la comptabilité d'un brocanteur, mais bizarrement ni photos, ni papiers personnels, hormis une carte d'identité française.

Sur le lit d'angle couvert de coussins colorés, trônait une poupée araignée à l'air offusqué. Ulrich examina le jouet, dont les jambes de porcelaine tintèrent en s'entrechoquant.

Au-dessus de la table, près de la porte, était suspendu un minuscule vaisselier en noyer, avec, sur la tablette, une série de pots en faïence de Givors. Tous ouverts. Le plus gros en morceau sur le sol. De la farine et du café partout. On avait piétiné, mais les empreintes seraient certainement inutilisables parce que mêlées. Les courageux étaient au moins deux, pour avoir eu raison de ce fétu de femme.

Derrière un rideau, voisinaient un évier et un réchaud à gaz. Ulrich savait d'expérience que l'être humain varie peu ses moyens. Il retourna le miroir surplombant le lavabo, passa un doigt entre la glace et le carton, sentit un papier fort et lisse. Il le décolla à l'aide

de son couteau suisse et retira une photographie. L'instantané quelque peu jauni représentait un groupe de personnes perchées contre le ciel, on ne savait où et sur quel promontoire.
« *Que cherchait l'assassin ? Des lapins en peluche, peut-être .. »*
Ulrich revint sur la pointe des pieds vers la fenêtre, passa la main sous le bâti du bureau, en palpa la ceinture. On avait outrageusement forcé la serrure.
Le bourreau de la malheureuse femme était-il reparti avec son butin ? Quelle importance avait-il, ce butin, pour que Irina l'eût défendu jusqu'à la mort ...
Les tableaux. Ces fameux tableaux que Peltier cherchait.
Ou bien des enfants.
Des tableaux. Des enfants. A quoi tout cela rimait-il ?
Londaine souleva le rideau et observa l'immeuble de l'autre côté de la rue : au rez-de chaussée, une boutique de prêt-à-porter haut de gamme très fréquentée. Aux fenêtres du premier et du second étages, des tentures de bon goût. Au dernier, en vis-à-vis de l'appartement de Mme Galissimova, des volets mi-clos, des carreaux nus, l'un cassé.

Les deux portes faisant face à celle d'Irina étaient fermées à clé, et aux relents de poussière moisie s'échappant par dessous, on devinait qu'elles n'avaient pas été poussées de longtemps. Surplombant le couloir, la lucarne dans le toit, assez haut placée, présentait une possibilité de fuite assez improbable, et l'immeuble ne comportant pas d'ascenseur, on pouvait déduire que les assassins avaient gagné la rue par l'escalier.
Ce que fit Londaine, sans rencontrer âme qui vive. Une bonne part des locataires devaient travailler. Les autres avaient certainement mieux à faire que passer la journée collés à l'œilleton. Et manque

de chance, les degrés de pierre ne résonnaient presque pas, à moins de porter des talons aiguille ...
Le commandant traversa la chaussée, parvint à pénétrer dans le couloir jouxtant la boutique de vêtements. Il grimpa au dernier étage, et comme prévu, la porte de l'appartement vide s'ouvrit sans peine. Peu de poussière sur le parquet laqué. Avec un peu de chance, l'équipe technique découvrirait quelques traces d'ADN intéressantes sur les vitres, et des empreintes qui ne seraient pas que partielles.
Bien sûr, depuis cet observatoire, les tortionnaires de la pauvre femme avaient eu le temps de peaufiner leur crime, en épiant ses allées et venues. L'enquête de voisinage en dirait peut-être plus sur le faciès des meurtriers.

Le studio sous les toits habité par la mort, tout feutré de mélancolie, à des années lumière du bruit de la ville, paraissait rapprocher ses murs pour mieux enfermer Londaine.
Ulrich se tourna vers le Voltaire. *Irina, donne-moi un indice ... »*
Il n'apercevait qu'une main intelligente, demi repliée, griffée d'hématomes bleuâtres occasionnés par des doigts brutaux.

Il souleva le buvard du bureau, joua avec les stylos. Une gomme. Un taille-crayons qui représentait un très vieux petit camion rouge écaillé, dont les portières minuscules devaient être mobiles.
Londaine se revit dans une épicerie de Rive-de-Gier, c'était en mai 68, il portait des culottes courtes et des baskets. Ils attendaient Marthe qui soutenait les grévistes de la fonderie, les mouches bombinaient, les perles du rideau jouaient agréablement. Pour le faire patienter, Janin lui avait acheté des sucettes Pierrot Gourmand, un pot en carton plein de glace au chocolat que l'on

prélevait avec une petite spatule, et un camion rouge en modèle réduit qui vous laissait sa peinture sur les doigts. Ulrich ne se lassait pas d'en ouvrir et fermer les portières si petites, un miracle de technologie !

Londaine observa attentivement le jouet, si semblable à celui qu'il avait possédé, força habilement le hayon, glissa le petit doigt à l'intérieur de l'habitacle. Autrefois, il cachait là les mots d'amour enflammés destinés à une certaine Julie, en attendant de rassembler assez de courage pour les lui déposer dans sa menotte.

Puis, comme autrefois, il fourra le camion rouge dans sa poche, presque étonné de ne pas y trouver des billes.

Ensuite, il essuya méthodiquement ses empreintes, honora la morte d'un salut militaire, et descendit sans bruit.

— Comment avez-vous été averti du meurtre de cette femme ?
Londaine éluda :
— Elle était une amie de Jacqueline Paroton, dite Baby Doll.
— Oui, la femme qu'on a retrouvée à Parilly.
— C'est ça. La prostituée.
La substitute Lamour le dévisageait, mécontente, peut-être d'elle-même :
— Mais le dossier est clos. M. le procureur pense qu'il y a tant d'affaires du même type, et cette pauvre femme ... On ne peut tout de même pas ...
— Mme le substitut, Irina et Baby Doll étaient amies. Et j'ai tout lieu de croire que la mort de Jacqueline Paroton est liée au meurtre des petites roumaines. On ne peut plus parler de suicides, je pense.
— Auriez-vous une piste ... intéressante ?

— Peut-être. Mais il me faut une autopsie du corps de Mme Paroton.

— Dites-moi, alors. Sinon, sur quoi convaincrai-je le procureur ?

— Je suis désolé, mais, je ne peux pas. Sinon, tout cela parviendra aux oreilles de Redeven, et les mœurs reprendront l'affaire.

— Dites tout de suite qu'il y a des fuites au palais ! Mais je crois que vous avez déjà fort à faire avec l'assassinat de cet homme, au Centaurus. On attend des résultats, vous savez ! Si les mœurs peuvent vous aider à faire avancer l'enquête ...

— Nous travaillons aussi, et je dirais même d'abord, sur l'affaire du Centaurus. Mme le Substitut, j'ai un absolu besoin de l'autopsie de Jacqueline Paroton. Et aussi ... de votre confiance. Je vous donne ma parole d'honneur que la brigade saura mener conjointement les deux affaires !

— Avec un homme en moins !

— Le brigadier Turini, épaulé par le responsable de l'unité informatique Drahaye font de leur mieux pour combler l'absence de Bassanian. Comme toute l'équipe, d'ailleurs.

— Non, décidément, je ne suis pas sûre que cette autopsie soit des plus judicieuses.

— Le Dr Brazier va pratiquer celle d'Irina. Et Jacqueline Paroton n'est pas encore inhumée.

— Deux autopsies pour le prix d'une, c'est cela, hein ?

— J'ai cru comprendre que c'était encore et toujours, une affaire de gros sous ...

— Je vous rappelle que le pays s'éveille chaque matin en sachant qu'il vit à crédit ! Les fonctionnaires se doivent d'avoir cette crue réalité encore plus en tête, même si elle paraît sordide.

— Elle *est* sordide ...

Frédérique Lamour arpentait le couloir. La scientifique s'affairait à l'intérieur de la chambrette.

— On peut emmener le corps, si vous voulez, vint avertir le Dr Brazier.

La substitute le retint :

— Docteur, je voudrais que vous autopsiez aussi la dépouille de Jacqueline Paroton. Vous aurez l'aval du parquet dès cet après-midi.

Ses petits talons péremptoires frappaient les marches. Londaine et le Dr Brazier lui emboîtèrent le pas.

— A propos de ces jeunes filles vraisemblablement de l'Est... émit le légiste de manière à être entendu. S'agissant de la dernière en date, cela ressemble bigrement à un suicide, d'ailleurs, ces pauvres filles ont de quoi. Elles servent à l'abattage des chantiers, — d'autres sans papiers comme elles —, et c'est le martyre des uns pour la survivance précaire des autres. Si par instinct de conservation, ces enfants avaient l'impudence de se raccrocher à leur misérable destin, certains spécialistes sans états d'âme sont fort bien rétribués pour leur montrer où est leur devoir : débarrasser le plancher, pour que le crime organisé, cette industrie, puisse perdurer. Rien ne doit être confié au hasard. Aussi anonymes et si peu intéressantes soient-elles, au regard du nombre de déshérités de la planète qui peuvent encore voter, elles ont somme toute une langue, des yeux et des oreilles. C'est encore trop pour ces candidates à l'abattoir ...

Londaine, surpris de cette diatribe, stoppa tout net, et Frédérique Lamour ralentit le pas.

— Sûr que les hématomes sur les bras de cette jeune fille tombée du toit montreront qu'elle a défendu de toutes ses humbles

forces son souffle de vie, poursuivait le Dr Brazier, mais enfin, peu ou pas d'autres empreintes, rien d'utilisable... les réseaux sont organisés.
La substitute interrompit sa descente et se retourna :
— Eh bien, donnez-moi donc votre intime conviction, docteur !
— Mme le substitut, je suis d'avis que vous nous permettiez de creuser cette affaire.
Londaine n'en finissait pas de s'étonner de la véhémente prise de position du médecin. Le commandant se découvrait là un allié de poids.
Escortant le funèbre cortège, ils regagnèrent l'animation de la rue. Frédérique Lamour croisa les bras, et se dressant de toute sa fine silhouette :
— Soit, commandant Londaine. Je veux bien vous laisser mener votre enquête comme vous l'entendez. Je vous octroie quelques jours, et je souhaiterais que vos investigations soient un peu plus discrètes que votre intervention à Chinatown. Mais si les indices prouvant la relation des meurtres de Mme Paroton et Galissimova avec celles des jeunes roumaines se révélaient probantes, je souhaite que vous en informiez aussitôt le commandant Redeven. Vous vous êtes déjà mis à dos le groupe d'intervention et peut-être aussi la Préfecture, et là, je ne sais pas comment Chritophe Tremet pourra rattraper le coup ! Et il n'y a pas une semaine que vous avez pris vos fonctions ! Et voici que l'éminent Dr Brazier se rallie à votre croisade ! Continuez ainsi, et nous allons tous passer à la bonde !
Londaine croyait entendre Debard. Décidément, ces deux-là s'entendaient comme larrons en foire !

— Encore un peu jeunette ... épilogua Etienne Brazier. Mais c'est une sacrée bonne femme. Je ne lui donne pas longtemps pour devenir procureur général. A moins que nous soyons tous envoyés aux égouts, comme elle le dit si bien, s'esclaffa-t-il. Personnellement, la retraite me tend les bras, et je m'y blottirai avec extase. Mais vous ...
Londaine eut un geste d'insouciance. Ils admiraient tous deux les jambes fuselées de la substitute disparaissant dans l'habitacle de sa voiture.

— Quelle beauté, n'est-ce pas ... rêvait Brazier.
Ils se séparèrent sur une vraie poignée de main.

Au 40, rue Marius Berliet, Karim Sathi fit son rapport : au Centaurus, se présentant au bar comme un riche libanais en séminaire à Lyon, et se sentant un peu seul pour la nuit, il eut tôt fait d'apprendre qu'un réseau de belles filles, chinoises, soudanaises et ukrainiennes, hantaient les lieux. Du haut de gamme. Pas le genre Baby Doll.
De son côté, jouant les éméchés, Lazarus s'était aventuré dans les cuisines, histoire de se faire une idée du russe plongeur évoqué par Mareska, la femme de ménage. A peine avait-il franchi les portes battantes de l'office, que cavalait parmi les gâte-sauce, le mot « *miltones* ».

— Ça veut dire flic, en russe argotique, c'est un apprenti qui me l'a dit, exposait Lazarus. Il paraît que le plongeur répète ça sans arrêt. On est grillés, commandant ! Sans compter que j'ai certainement fait une bourde : j'ai montré le portrait de Jacqueline Paroton. Sans que j'aie rien ajouté, le concierge a juré ses grands dieux « *qu'on ne veut pas de ça ici* ». Ce n'est pourtant pas écrit sur sa figure, à cette pauvre femme, qu'elle faisait le tapin à

Parilly ... L'irréprochable employé affirme que personne de cet acabit n'a jamais franchi les portes de « son » hôtel.

— Ben voyons ...

— Redeven va être au jus en deux temps trois mouvements pour le lien entre les affaires.

— Dans une mégapole comme Lyon, les nouvelles vont vite, de toutes façons. Inutile de se leurrer, Redeven est certainement au courant, pour les escort girls du Centaurus.

— C'est sans doute pour cela qu'il se trouvait sur les lieux du crime en même temps que nous, intervint Jolène Gentil.

— Ça fait vraiment beaucoup de russes ... cogitait Londaine.

— Qu'est-ce qu'on fait, commandant ? On convoque le plongeur à la brigade, il serait peut-être plus disposé ?

— Je pense qu'il est inutile d'ameuter tout le monde. J'ai une autre idée.

Ulrich rappela le Dr Brazier à l'IML. Les autopsies de Jacqueline Paroton et Irina Galissimova auraient lieu demain.

— Docteur, les jeunes victimes roumaines, ne seraient-elles pas russes, par hasard ?

— Pardon ?

— Sur quels éléments avez-vous établi leur nationalité ? Elles n'avaient aucun papier sur elles. Leur dentition ?

— Mais ... Je n'ai rien établi du tout ! Ces très jeunes femmes possédaient des dents saines, que l'outrage du temps n'avait pas encore entamées. Ce sont les mœurs, qui ont évoqué l'existence de réseaux roumains, liés à la cybercriminalité, me semble-t-il, et la seconde victime du squat de Vénissieux portait un tatouage prisé par la jeunesse de ce pays, représentant le visage d'une vedette de la chanson. De fait, ces jeunes femmes pourraient aussi bien être croates, ou polonaises, ou tenez, même lyonnaises ! Vous devriez vous en expliquer avec le commandant Redeven. Ah ! Ladvit souhaitait vous communiquer quelque chose.

— De quel ordre ? Au sujet de l'inconnu du Centaurus ? Peut-être a-t-on retrouvé son chirurgien-dentiste ?

— Je ne crois pas. Mais il vous en parlera demain.

Puis Ulrich appela Roxane. Elle répondit au milieu d'un brouhaha.

— Tu penses passer le week-end avec nous ?

— Je n'en sais rien. Nous sommes sur plusieurs affaires embêtantes. Je serai une bonne partie de la journée à l'IML. Mon planning des jours prochains dépendra des conclusions du légiste.

— Alors, ça tombe bien ! Enfin, je veux dire ... Ainsi, nous n'aurons pas à t'attendre. Sandro m'emmène faire une démonstration à Charbonnières. Et ta fille fête Halloween dans le vieux Lyon.

— Et tu la laisses faire cela ?

— Écoute, toutes ses amies de *Louise Labbé* y seront.

— Et qui c'est, ce Sandro ?

— Décidément, tu n'écoutes rien ! C'est Sandro Caserna, l'ami de Volodia, la démonstratrice en lingerie. Elle prétend que je peux à présent voler de mes propres ailes. Tu sais que si ça continue comme ça, je vais gagner plus que toi ?

Roxane riait d'un rire aguichant hors de propos.

— Tu es seule ? bougonna-t-il.

— Pourquoi me demandes-tu ça ?

— Elle se passe où, cette réunion à Charbonnières ?

Roxane s'esclaffait :

— C'est un interrogatoire policier ? A la *Bayadère*. Un château-hôtel tout ce qu'il y a de chic, à deux pas du casino. Si tu rentrais tout de même, je vais faire de la brandade comme à Nîmes, elle sera dans le frigo.

— J'ai déjeuné avec Janin ...

— Ah ! Oui ? Il va bien ? Il n'a pas trop vieilli ? Tu lui as dit pour le dîner ?

— Ça m'a fait du bien de le revoir ...

Ulrich entendit résonner sa propre voix sans la reconnaître.

Un silence. Puis le timbre radouci de Roxane, un peu grondeur, quand elle était émue :

— A lui aussi, certainement.

Et enjouée :

— Bon, je dois te laisser ! Amuse-toi bien avec tes écorchés !

— Commandant ? C'est Drahaye. Au sujet des réseaux de pédophilie. Il y a bien quelques tentatives de prostitution sporadique sur la banlieue de Lyon en ce moment. Plus proches de l'artisanat que de la filière internationale. Quelques petits réseaux roumains qui tentent de récupérer les minots et les femmes qui font la manche dans le métro ou aux carrefours. Mais les boîtes de quartier les ont à l'œil, et pour le moment, le service interrégional de l'information, et Interpol ne nous ont rien communiqué de très organisé, notamment depuis la Russie.

— Et du côté des indics ?

— Même topo ou presque. Mais rien ne circule sur le fait que Peltier soit engagé dans des réseaux de trafic de mômes. Il est plutôt branché sur les jeux, le blanchiment, la cybercriminalité et les poupées de luxe. Ce qui rapporte du fric avec la complicité plus ou moins consensuelle de l'opinion. D'ailleurs, il se dit qu'il financerait même des centres de réinsertion pour les jeunes en difficulté. Les caïds en place ne décolèrent pas. Mais en même temps, son culot force l'admiration. A telle enseigne que certains politiques seraient prêts à lui refaire une virginité.

— Un bandit d'honneur, comme qui dirait ... Le nouvel Al Capone de Lyon ... Mécène, aussi, pourquoi pas ? Beau travail, lieutenant.

9

— Vous avez eu du nez, patron. Un quart d'heure de plus, et Abitbal y passait ! On ne sait pas qui lui a offert le shoot du siècle, mais il a eu chaud : de l'héro pure ! Il n'aurait jamais pu s'offrir ça tout seul, et d'ailleurs, aux dires des toubibs, il n'est pas junkie. C'était donc un cadeau de ses assassins qui l'ont laissé pour mort.

— On aurait donc vu juste... Bravo, Lazarus. Il peut parler, le garçon coiffeur ?

— Il est encore dans les limbes, mais l'homme que j'ai posté à son chevet nous préviendra dès qu'il s'éveillera. Avec un peu de chance, les médecins nous laisseront l'approcher.

— Et Siman Linh-Dao, il y a quelque chose ?

— Rien. Finalement, elle a peut-être pris son avion ...

Ulrich appela Volodia sur son portable. Il craignait de tomber sur la messagerie, mais ce fut bien la voix de la belle qui répondit dès la seconde sonnerie. Excédée.

— Pourquoi m'appelles-tu, commandant ?

— C'est interdit ? J'avais envie de t'entendre. Une longue journée m'attend. J'avais besoin de toi...

— Mais je ne souhaite pas parler pour ne rien dire à ce numéro !

— Merci pour le « *parler pour ne rien dire !* ». Je te dérange, peut-être...

Il ne pouvait contenir son dépit. Décidément, cette fille était imprévisible !

Elle se radoucit :

— Écoute, je sais que je peux paraître exaspérante, parfois ! Je t'expliquerai, plus tard. Vois-tu, je ne peux pas faire ce que je veux, comme toi. Malgré que nous soyons à une époque moderne, je dois obéir à une sorte de loi ... féodale ... Est-ce que tu comprends ?

— Non. Où est le problème ? Tu es libre de choisir ta vie, ce me semble, Roxane me rebat les oreilles avec tes transactions spectaculaires, pour elle, tu incarnes le modèle de la femme affranchie, et toi, tu me parles de féodalité ?

— Comment oses-tu évoquer Roxane ?

— Ça te va bien de me faire la morale ! C'est bien toi qui l'a mise dans les pattes de ce Sandro Caserna, non ?

Un long silence. Puis il sembla à Ulrich entendre une sorte de sanglot.

— Volodia, que se passe-t-il, ma chérie ...

Le sanglot redoubla :

— Tu es stupide ! Ne prononce pas mon nom ainsi ! Ils sont partout !

— Explique-toi, s'il te plaît !

— Écoute ... Jouons franc jeu, Ulrich, j'ai besoin de toi !

— Mais bien sûr ! Tu sais que je suis là !

— Tu as ... Tu as comme indic un jeune dealer..

Londaine, qui marchait de long en large s'arrêta tout net.

— Peut-on savoir comment tu détiens cette information ?

— Mais parce qu'il est mon voisin de palier, tout bêtement ! Attends ...

Il y eut une sorte de chuchotis dans l'appareil.

— Volodia !

— Je ne peux plus te parler ...

— Mais explique-toi, à la fin ! Qu'as-tu à voir avec ce garçon ?

— Ce n'est rien ! J'ai entendu dire qu'il avait des démêlés avec la police, et je voulais l'aider. Je lui ai dit que je connaissais quelqu'un et... C'est d'accord, pour ce soir vingt-deux heures, chez moi, tu connais l'adresse à présent ! Adieu !

Effaré par cette coïncidence, Londaine se dit que Volodia avait pu voir les agresseurs du jeune homme. Et réciproquement. Qu'elle soit témoin ou pas, ceux qui avaient tenté d'assassiner Abitbal feraient peu de cas de sa vie.

— Attends ! Écoute-moi bien, mon petit ! Il s'est passé quelque chose de grave, ce matin, le garçon coiffeur ...

Il n'acheva pas, retenu par il ne savait quelle réticence.

— Volodia, il se pourrait que tu sois en danger ! Es-tu dans ton appartement ?

— Non, je suis à Saint-Cyr-aux-Monts-d'Or, je ne rentrerai pas avant vingt-deux heures au moins. Tu m'attendras en bas ?

— A quelle heure as-tu quitté ton immeuble, ce matin ? As-tu croisé quelqu'un ?

— Non, mais lorsque j'allais démarrer, vers sept heures, j'ai vu sortir deux types la boule à zéro. Des sortes de barbouzes, tu vois ?

— Les avais-tu déjà vus auparavant ?

— Est-ce que je sais ... Il faisait nuit encore. Et puis, les types rasés se ressemblent tous.

— Fais ce que je te dis : ne rentre chez toi sous aucun prétexte ! Patiente au café le plus proche, je t'y rejoindrai, tu m'entends bien ?

— Mais oui, je ne suis pas sourde ! Pourquoi serais-je en danger ? Mais ... Qu'est-il arrivé au garçon coiffeur ?

— Je ne peux pas t'en dire plus. Fais moi confiance !

— Il est ...

Londaine voulut la rassurer, lui dire la vérité, et sans savoir pourquoi, il se ravisa :

— Je ne peux être plus précis. Je te demande de me croire, ma chérie. Et de te conformer à ce que je te dis.

— Alors, à ce soir !

Londaine pesa l'intérêt de dévoiler à la brigade que la jeune Ukrainienne connaissait Abitbal, puis y renonça, jugeant que cet élément ne servirait à rien, sinon ajouter à la confusion. Il alla retrouver l'équipe, occupée à écrire sur le tableau les noms des différentes victimes avec leur portrait funèbre.

— Nous ne connaissons pas encore l'identité de la victime du Centaurus, disait Jolène Gentil, mais ce n'est qu'une question de temps.

Elle s'interrompit à l'entrée de Londaine, qui lui fit signe de poursuivre.

— Jacqueline Paroton avait inscrit le numéro de la chambre sur un prospectus : la 325, ainsi qu'une date, sans doute un rendez-vous. Le fait que l'inconnu ait usurpé l'identité d'un russe absent de la délégation, et cet autre élément, que l'amie de Mme Paroton, Irina Galissimova, soit russe elle aussi, ne peuvent être tout à fait fortuits. En outre, nous savons par l'enquête du lieutenant Sathi, que le Centaurus reçoit souvent la visite de call-girls d'origines diverses, notamment de l'Est, et par l'entremise de Siman, l'ex-maîtresse de Peltier, que la présence du russe serait une affaire d'enfants. Et de tableaux. Selon Interpol et la cellule interrégionale d'information, il n'y a pas à proprement parler, — si l'on peut dire —, de réseaux très organisés de prostitution d'enfants sur la ville, pour le moment du moins. Conjointement, la police et la gendarmerie de Rhône-Alpes traquent les pédophiles et leurs « fournisseurs » sur la toile et ailleurs, et pistent leurs ramifications en France et en Europe, grâce aux accords signés. Rien ne démontre d'autre part, — et l'on peut donner un coup de chapeau à Antoine Drahaye et Gabin Turini pour leur travail —, qu'il existerait des branches de la mafia russe passant des œuvres d'art, mais aussi des enfants ... qui transiteraient par Lyon et ses hôtels. Hormis leurs petits commerces habituels plus ou moins sporadiques impliquant des professionnels ou des occasionnels, les hôtels de la ville connus pour cela, ne représentent pas, pour ce que nous en savons, la plaque tournante des trafics de bétail humain ou de valeurs pour l'Est de la France et la Suisse.

— Tout au plus certains groupes sont connus pour leur tendance à l'investissement en Europe après blanchiment, émit Londaine. Encore reste-t-il à le prouver, mais ce n'est pas de notre ressort. Fort bien capitaine. Votre conclusion ?

— Il pourrait très bien se former en Russie, certains réseaux relativement confidentiels qui s'organiseraient de temps à autre dans une circonstance précise, et passeraient des informations, notamment sur les mouvements des délégations vers la France. Ce serait l'occasion de faire circuler en même temps que les personnes, des devises ou des biens. C'est par le biais de ces indicateurs, que des correspondants établis en France auraient été informés de la défection de Vladimir Sorosko, et que l'inconnu aurait pris sa place. Mais de toutes façons, il demeure qu'il ne s'agit pas d'une organisation très structurée, mais d'individus renseignés au coup par coup. Autant dire : mission impossible pour remonter à la source des renseignements ! On ne peut compter que sur les conclusions de nos collègues de la brigade scientifique et technique sur l'identité de l'égorgé du Centaurus. Commandant, pensez-vous que la délégation de Sotchi pourrait être impliquée ?

— Tout est possible. Mais dans l'immédiat, si vous voulez tous vous retrouver à Bécon les Bruyères, allez demander à nos invités russes la permission d'un prélèvement buccale. Avec le G20 qui se profile à Strasbourg ... On ne pourrait y aller carrément qu'en présence de preuves solides. Et on en est loin...

— La cellule d'information rapporte que pour le sommet des puissants, la Russie viendra à Londres, puis à Strasbourg, avec tout un arsenal de propositions pour réformer le Fonds monétaire international et la Banque mondiale. Avec la crise qui se profile, il serait malvenu de se mettre les délégations russes à dos. En particulier celle de Sotchi ...

— Les mœurs en savent peut-être plus que nous sur les réseaux de prostitution, et les filles qui hantent le Centaurus ? demandait Karim. En leur demandant gentiment ...

— Le Belge sera peut-être sensible à ton charme berbère ... sourit Lazarus.

— Le capitaine Redeven et son équipe ne lâcheront rien, jeta Londaine. Nous non plus. Si le bruit court que l'on rouvre une instruction pour requalifier les suicides des petites roumaines en meurtre, les réseaux, sporadiques ou pas, se feront discrets, ou se déplaceront, et la brigade des mœurs perdra tout le bénéfice de ses investigations visant à remonter jusqu'aux gros poissons. Mais si nous arrivons à démontrer les homicides, alors, les filières tomberont pour meurtre, et pas seulement pour proxénétisme aggravé ! Le jeu en vaut la chandelle, ce me semble !

— Oui, mais on en a pour des mois, si on admet toutes les complicités possibles avec l'étranger, s'insurgeait Vilejo. Enfin, je veux dire que ça ne sera pas facile ...

Londaine contemplait le trafic incessant de la rue.

— C'est peut-être ce que l'on veut nous faire croire.

— Cette fille, Siman, ne craint-elle pas pour sa vie ?

— Elle a choisi, lieutenant Lazarus. Je pense qu'elle a préparé son départ, et à l'heure qu'il est, elle doit se trouver dans un avion pour le Canada. De là, elle brouillera les pistes. Mais il est vrai qu'elle joue gros.

— Peltier ne la laissera jamais filer. Vous ne trouvez pas bizarre qu'il l'ait autorisé à parler ?

— C'est vrai, mais il me semble qu'il cherche à gagner du temps pour se procurer ces fameux tableaux évoqués par Siman. Ils doivent représenter une fortune, de quoi quitter la France, se refaire une virginité mafieuse, et se tailler une place de caïd dans le périmètre d'un paradis fiscal. Drahaye, faites-nous un topo sur les ressortissants roumains, et plus largement des pays de l'Est, établis dans la région, en attente de reconduction de leurs permis de séjour. Peltier doit manquer de temps, justement. Il se peut que sous couvert d'infiltrer les mafias locales, il soit sur le gros coup ...

Londaine frottait son menton, s'aperçut qu'il ne s'était pas rasé, et qu'il devait donner une drôle d'image de la hiérarchie.

— Oui ... Ces tableaux. Ça doit représenter quelque chose. A tel point que Peltier lâche du leste. Siman le sait et en profite. De plus, elle prétend qu'il serait entiché d'une autre femme.

Ulrich vida un gobelet de café froid qui traînait sur un bureau, cogitant à voix haute :

— Attendons d'en savoir un peu plus sur les lapins en peluche. Le labo travaille dur là-dessus. Ces bestioles représentent forcément un point commun entre le dernier meurtre de celles que l'on appelle peut-être à tort, comme le prétendait Siman, les petites roumaines, et celui de Baby Doll. Et par conséquent, celui d'Irina Gallissimova.

Londaine interpella le brigadier Turini, que l'on venait tout juste d'intégrer dans l'équipe d'investigation :

— En attendant que le lieutenant Bassanian se remette, j'aimerais que vous repreniez les deux premiers dossiers des roumaines, et que vous examiniez chaque détail des rapports et des photos. Y compris celui de Baby Doll. Drahaye vous donnera un coup de main.

— Ils sont aux mœurs, on ne pourra pas les avoir comme ça, patron ! Et puis, il ne doit pas y avoir grand chose, puisqu'on a conclu à des suicides.

— Faites jouer votre charisme naturel, Vilejo ! Je compte sur vous ! Aux dires du Dr Brazier, l'une des gamines avait un tatouage d'origine roumaine. Faites-le parler. Dans le cas de Baby Doll, il s'agirait bien aussi d'un homicide. On l'a frappée à mort. Ses vêtements étaient lacérés. On a retrouvé son sac vide, son portefeuille vide aussi, à proximité. Son studio à la Croix-Rousse a été fouillé. Tout comme la chambre sous les toits de Irina Gallissimova, rue Emile-Zola. Les autopsies nous en apprendront peut-être plus demain, mais pour moi, une chose est sûre, ces deux femmes ont été assassinées, car on voulait apprendre quelque chose qu'elles savaient, ou alors, que l'on cherchait un document ou un objet qu'elles détenaient ! Et qu'elles ont défendu jusqu'à la mort.

— Qu'ils aient trouvé ou non ce qu'ils voulaient, les meurtriers ont aussi supprimé des témoins gênants ..

— Vous avez certainement raison, Lazarus.

— Est-ce qu'on ne peut pas extrapoler, et penser que les trois petites roumaines ont été assassinées pour la même raison ?

— Je partage votre point de vue. Et peut-être que le commandant Nemat était arrivé à la même conclusion que nous ...

— Nous ne le saurons pas avant longtemps, émit doucement Jolène.

Il y eut un long silence navré, qui en disait long sur l'estime que portaient les membres de l'équipe à leur ancien patron.

« Maintenant, il va me falloir travailler sur deux éléments nouveaux, qui sont peut-être sans importance, mais sait-on jamais ? Ensuite, il sera toujours temps de les communiquer au labo. »

Londaine avait commandé sandwiches et picon bière pour tout le monde. Quand le livreur du *Carré d'Orient* eut refermé la porte, Ulrich tira de sa poche le petit camion rouge :

— Lieutenant Drahaye, joignez discrètement la brigade spécialisée dans les œuvres d'art, et tachez d'apprendre s'il y aurait eu des vols massifs de toiles de prix en Europe et en Russie, ces derniers temps. Et regardez bien ceci. Est-ce que ça vous parle ?

A l'aide de son mouchoir, il ôta doucement la petite clé de l'intérieur du jouet. Tous se penchèrent. Antoine Drahaye considéra longuement la tige de métal, ôta ses lunettes pour l'observer de près.

— C'est une clé de coffre, dit enfin Drahaye. Pas toute jeune. Des années 70-80, je dirais. Qu'en penses-tu, Vilejo ?

— Je dirais comme toi. Mais j'ai un pote, spécialiste agréé des coffres-forts, qui nous en apprendra plus, et vite.

— Jolène, les deux filocheurs du lieutenant Bassanian ont-ils quelque chose sur les relations anglaises d'Abitbal ?

— Ils planquent toujours. Qu'est-ce qu'on fait ? On les relève ?

— Quel comportement ont ces deux femmes ?

— Principalement, elles font du shopping. Et notamment, les magasins de jouets, et les boutiques de fringues dans la Presqu'Ile.

— OK. Qu'ils continuent à les tracer. A présent, voyez cela ... Cette photographie a été trouvée chez Irina Galissimova. Lieutenant Drahaye, faites un scanner de ce document, et envoyez l'original au labo. Ensuite, étudiez son aspect, cherchez à en savoir plus sur ce qu'il représente : époque, situation, etc. On dirait que les personnages observent quelque chose, ou assistent à un événement : vous constatez que tous les regards convergent vers un point qui n'est pas le photographe.

L'instantané circula.

— C'est drôle, émit Jolène Gentil. On dirait qu'ils sont en plein ciel. Sur le toit d'un monument ?...
Martin Ladvit, le responsable du labo, et le Dr Brazier téléphonèrent presque en même temps. Ils affirmaient être en possession de choses assez étonnantes, et proposèrent de se retrouver à l'IML vers 15 heures.

— Nous avons bénéficié d'un peu de temps, ce matin, et les autopsies des dames Paroton et Galissimova sont commencées, commandant. Alors voici : Si Baby Doll n'avait pas succombé à une attaque, elle serait de de toutes façons décédée à moyen ou court terme : une maladie de peau irréversible. Et tenez-vous bien : Irina Galissimova présente également tous les symptômes d'un cancer similaire à celui de Jacqueline Paroton !

— Rendez-vous à quinze heures. Concernant les objets que nous vous avons confiés, renchérit Ladvit Vous serez certainement aussi surpris que je l'ai été moi-même.

Avant de franchir le seuil de l'institut médico-légal, Londaine prit une longue inspiration, et s'emplit les yeux d'un soleil blanc, voilé de pollution se mêlant à la brume fluviale, ce qui de façon éhontée, nimbait la ville d'une lumière vénitienne.

Les deux femmes immobiles, leur semblable chevelure sombre dénouée, gisaient sur le métal froid. Les membres, les torses, présentaient des plaques infectées, brunâtres.

— Ces femmes souffraient donc de la même pathologie, montrait le légiste. Cancer de la peau et des muqueuses. Ces affections sont souvent provoquées par des expositions intensives à la radioactivité.

— Vous voulez dire qu'elles auraient toutes deux été contaminées par des radiations ? Des radiations de même origine ?

Le Dr Brazier ôtait ses gants :

— Exactement. Et de semblable forte intensité.

— Mais ... par quoi auraient-elles été irradiées ?

— C'est ce qui est malaisé à démontrer. Mais je pense que nous approchons. Il semblerait qu'elles aient été contaminées il y a plusieurs années par du césium radioactif. Du césium 137, qui tend à se transformer au fil du temps en Baryum 137 stable. La maladie s'est développée lentement, comme si ces femmes avaient approché de très près la source des radiations, et pendant longtemps. Elles ont été traitées avec des pastilles d'iode, et aussi un cocktail d'oligo-éléments, vitamines et pectine de pomme, qui tend à ralentir les effets désastreux et irréversibles du césium sur l'organisme, dans la mesure où vous n'êtes plus dans le périmètre des radiations, bien sûr. A ce propos, ne vous tenez pas trop prêt, elles sont encore radioactives.

— Si je comprends tout, elles peuvent avoir contaminé un nombre incalculable de personnes !

— On peut l'envisager ...

— Étaient-elles traitées pour ces pathologies ?

— Pas à Lyon, toujours, ni nulle part en France. En Suisse peut-être. Si vous le souhaitez, je me charge de lancer une recherche par le truchement de l'Ordre des Médecins, proposa Etienne Brazier. Les dossiers de ces femmes nous apprendront où et comment elles sont entrées en contact avec une source aussi importante de radiations.

Martin Ladvit, le responsable du laboratoire de police scientifique déposa sur le bureau les deux porte-clés auxquels étaient accrochés les lapins de peluche.

— Voyez ces innocents rongeurs. Vous n'allez pas le croire. Ils sont réactifs, et très puissamment au radiamètre. Ils sont aussi contaminés par du césium 137. C'est proprement hallucinant ! On se demande d'où peuvent provenir ces objets ...

— L'un des deux a été retrouvé chez Jacqueline Paroton. Est-il possible qu'elle ait contaminé tout autour d'elle ?

— Je crois plutôt l'inverse. Ce lapin pourrait appartenir à un ensemble d'éléments qu'aurait possédé cette femme.

— Donc, docteur, pour résumer, vous pensez que Jacqueline Paroton et Irina Galissimova auraient détenu des objets radioactifs, et ce sont ces objets qui auraient causé leur pathologie ?

— On pourrait le penser. Mais il faudrait que ces objets soient puissamment radioactifs, et très nombreux.

— Mais quel type d'objet ?

— N'importe lequel. Des bibelots, des jouets, que sais-je ... ayant été exposés à d'importantes sources radioactives de césium 137.

— Mais ... depuis quand ?

— Des mois, des années ... Certaines familles ont encore dans leur grenier des attirails de l'époque où l'on traitait par le radium tout et n'importe quoi, en ignorant le danger que cela représente encore. Vous disiez que Mme Galissimova était brocanteur : elle peut avoir possédé ce genre de matériel, et Mme Paroton étant son amie ... D'ailleurs, cela me fait penser à un triste événement survenu il y a quelques temps au Brésil, dans la ville de Goiania. Les employés d'un ferrailleur ont récupéré sur le site désaffecté de radiothérapie de la ville, et l'ont fait exploser à la masse, un appareil dont le coeur contenait du césium 137. Ce matériel est très efficace pour détruire les cellules cancéreuses. Malheureusement, dans ce cas-là, le césium libéré eut tôt fait de contaminer toute la ville et les alentours.

— C'est proprement effrayant ... soufflait Londaine. Que faut-il faire ? Lancer une alerte rouge ? Pensez-vous qu'il puisse arriver semblable catastrophe à Lyon ?

— J'espère vivement que non. Il faudrait que vous trouviez rapidement le fin mot de cette affaire, commandant..
L'estomac barbouillé et la migraine s'installant entre les deux yeux, Ulrich considérait tour à tour les gisantes.

— Il faudra sans doute envisager des cercueils plombés, et une sépulture appropriée, cogitait le Dr Brazier. Voilà qui mettra encore un peu plus notre Baby Doll à l'écart des autres, comme elle a vécu. Pauvre Baby Doll.

Puis hochant la tête :

— C'est notre belle Lamour, qui va être contente ...

— Nous avons passé vos lapins au scanner, déclarait Ladvit. Et nous avons découvert ceci, qui vous sera peut-être de quelque utilité dans votre enquête : Ils possèdent chacun un numéro gravé, à l'intérieur de la fourrure.

— Un numéro de série ?

— Non, il s'agit de deux petites plaques de fer. Comportant chacune cinq numéros. Les voici : voulez-vous que nous leur ouvrions le ventre ?

Londaine lisait et relisait les dix chiffres. Cela ressemblait à un code, bancaire peut-être.

Puis il tendit la photographie. Les Drs Brazier et Ladvit l'étudièrent longuement.

— C'est étrange, fit Brazier. Les deux femmes ne me disent rien, mais le visage de l'homme me paraît familier.

10

Le lieutenant Antoine Drahaye demeura sans voix, à l'énoncé de ce que venait de lui confier Londaine.

— Appelez la documentation opérationnelle, Drahaye, et voyez si on leur aurait signalé une zone anormalement radioactive sur Lyon ou la région.

— Et les services de la mairie ?

Le commandant hésita :

— On attend encore un peu. Inutile de déclencher un cataclysme pour le moment ...

— Patron, dans les clichés pris avec nos portables sur l'aire où la gamine est tombée du toit, on a repéré un ou deux clients potentiels ...

— Bien vu. Je vais rendre une visite de courtoisie à notre garçon coiffeur.

Le jeune Florian était aussi blanc que ses draps. Il tourna vers Londaine ses yeux atones cernés de mauve.

— Je vous dois la vie, articula-t-il.

— Pas à moi. Au lieutenant Lazarus. Si tu me racontais ...

— C'est Mensuy, l'homme de Peltier.

— Qu'est-ce qu'il te veut ?

— Je sais ce qui s'est passé rue Bèchevilain. La fille qu'on a poussée du toit.

Londaine rapprocha sa chaise :

— Tu es encore bien faible, et les toubibs vont rappliquer. Fais la courte et précise, si possible, le temps est compté.

— La fille était une Ukrainienne, elles sont racolées sur internet pour les faire venir en France, et figurer dans des catalogues pour se marier. Elles paient pour ça. Ensuite, les réseaux de Peltier les récupèrent et les livrent à la prostitution, des centres de dressage, vous voyez ... Mais Volodia voulait les aider, et elles, elles voulaient aider Volodia. A cause de ses enfants.

Ulrich avala péniblement sa salive, et son cœur se retourna dans sa poitrine. Puis il éprouva cet espèce de flottement, d'indifférence que l'on ressent d'instinct, lorsqu'on vous livre enfin la clé d'un problème longuement réfléchi. Les enfants...

— Les enfants... Ceux de Volodia ? Volodia ... Lanarova ?

Abitbal acquiesça :

— Oui, des jumeaux. Je ne les vus qu'une fois, par inadvertance. Volodia les cache de Peltier. Je me demande si par hasard, ce ne serait pas les lardons de ce pourri.

« Peltier et Volodia ... »

— Ils sont où les enfants ?

— J'en sais rien, Volodia les change tout le temps de crèche. Pendant un temps, c'était Adriana, la patronne de *l'Apollinaire*, à Vaise, dans le 9e, qui les gardait. C'est une compatriote de Volodia. Peltier l'a appris, on ne sait comment. Il a fallu les changer de crèmerie. Mais j'ignore où, commandant.

Abitbal avait un peu de rouge aux joues, il tourna son regard vers la fenêtre. Londaine se pencha et lui prit la main :

— Fais-nous gagner du temps, arrête de raconter des craques.

— C'en n'est pas, je vous jure !

— Ne jure pas, ton nez va s'allonger. Où sont les mômes ? Je te préviens, je ne te lâcherai pas ...

Le jeune s'agitait. Il leva un bras, faillit arracher sa perfusion.

— Oh ! Et puis après tout, je m'en fiche ! Ils sont chez les anglaises ... Elles pensent pouvoir les refiler au Consulat, puis les faire passer en Angleterre. Si les mafieux les attrapent, ils les renverront en Russie.

— C'est Peltier qui veut les mômes ? Il est à *l'Hôtel Saint-Paul* ?

— Généralement, il fait faire le boulot par Mensuy et ses lieutenants. Deux affreux, des tondus tout tavelés...

Londaine se leva d'un bond, courut dans le couloir, appela la capitaine Gentil sur son portable :

— Jolène, volez à *l'Hôtel Saint-Paul*. Fouillez chez les anglaises et ne les ménagez pas trop. Trouvez deux gosses ...

Il se rua dans la chambre, bousculant une employée en s'excusant :

— Abitbal, quel âge les gosses ?

— Onze ... douze ans, environ. Un garçon et une fille : Théo et Klem.

— Attention, Jolène, il se peut que Peltier soit sur place. Prenez tout ce que vous pouvez comme renfort. J'arrive dès que possible. Et ne prenez pas de risques ! Je vais essayer de savoir à quoi ressemble le caïd. Il a deux tondus comme hommes de main, avec le visage vérolé...

Londaine vint se rasseoir. L'aide soignante sortit en maugréant. Ulrich posa une main ferme sur l'épaule de Florian :

— Où on peut le trouver, Peltier ? Rappelle-toi qui tu es, pense à ta situation, ne me fais pas perdre de temps !

— Sur ma mère, j'en sais rien, commandant, je vous jure... Mais j'ai un pote au Pharaon, il est croupier. Il m'a dit que Peltier a tenté de négocier pour le rachat du casino. Ca a queuté, parce que les autorités ne veulent pas d'embrouilles avec la mafia ukrainienne. Mais le pote a entendu des choses.

— Comment il s'appelle, ton pote, vite, où je le trouve ?

— Il s'appelle Michel Obald. Il embauche à quatorze heures.

— Tes tondus, ce ne serait pas eux par hasard, qui t'auraient injecté la dose du siècle ?

Les yeux de Florian s'emplirent de larmes. Il hocha la tête.

— C'est quoi le rapport entre Peltier et Volodia ? demanda doucement Ulrich.

— Vous débarquez, ma parole ...

Abitbal passait un bout de langue cimenté sur ses lèvres.

— C'est sa gonzesse officielle. Il y a aussi Siman. Mais Volodia, c'est pas pareil, elle le rend fou. Peltier, c'est pas son vrai nom, il vient du même coin que Volodia. Il est malade, c'est un dingue, sa peau part en brioche, vous voyez. La fille qui a sauté du toit : c'est Liouba, son prénom, c'est tout ce que je sais d'elle. Elle a pris sur son temps de tapin pour aller chercher les morveux à l'*Apollinaire*. Un garçon et une fille : Théophane et Klementina. Elle avait trouvé une cache d'enfer pour les soustraire à Peltier : dans les catacombes de Lyon. Je devais les récupérer là un peu plus tard et les mettre dans un train pour la Suisse. Mais Liouba a été dénoncée. Les hommes de Peltier l'ont prise en chasse dans le métro. Ca a duré toute la nuit.. Elle ne savait plus quoi faire, elle m'a appelé sur mon portable, au *Lambet's walk*. Je lui ai indiqué un immeuble quasi-désaffecté où les locataires qui restent, sont tous des centenaires plus ou moins dans le potage. Bref, qu'elle ne serait

pas dérangée. Je lui ai dit que j'irais la retrouver là un peu plus tard. Qu'elle se cache dans le grenier de la baraque, dans la soupente à côté des étudiants ... Que je connaissais des bonnes femmes qui pourraient sûrement nous aider. J'ai soif, commandant ...
Londaine lui versa un verre d'eau.

— Et après ?

— Mais les affreux l'ont tracée ... Les mômes ont eu le temps de se cacher derrière les cheminées et d'entrer par une lucarne dans un immeuble voisin, pendant que la fille occupaient les hommes de Peltier. La pauvre... Ils l'ont poussée dans le vide après avoir essayé de la faire parler. Enfin ... c'est elle qui a préféré se jeter, plutôt que de donner les mômes.

Un sanglot souleva sa poitrine :

— P ... J'ai rien pu faire ...

— Tu as vu tout ça ?

— J'étais là, je vous dis ! J'avais juré à Volodia de récupérer les lardons. Heu... Volodia m'avait filé du pèze pour ça. C'est que je ne suis pas riche, moi ! Mais j'ai de l'honneur ! A Perrache, je devais mettre les gosses dans un train pour Hendaye qui s'arrêtait à Genève. Irina serait déjà dans le wagon. C'est une brocanteuse du Canal. Elle gardait souvent les mômes. Des fois, c'était Baby Doll, vous savez, la prostituée de Parilly.

— Comment les enfants ont-ils atterri au *Saint-Paul* ?

— Quand les gonzes de Peltier se sont cassés, les gamins se sont rués en bas. Je les ai trouvés tout désemparés près du corps de la fille. Alors, je les ai planqués dans un couloir de traboule, j'ai piqué un vélo, et je suis allé voir mes copines anglaises qui crèchent au *Saint-Paul*. Elles connaissent du beau monde, comme je vous l'ai dit, et pensaient qu'elles pourraient facilement les emmener au Consulat britannique à Lyon. Je suis revenu chercher les gamins, mais le buraliste ouvrait. Il a vu Liouba, morte, et a commencé à pousser des cris ... P ... ! Finir comme ça, sur le trottoir ... Moi, j'étais là, j'ai pas pu faire autrement que de rester.

— Tu es un héros, en somme. Si je comprends bien, pendant qu'on était là, les gosses se trouvaient planqués dans les parages.
Abitbal opinait :
— Quand tout a été fini, la fille emportée, les flics partis, j'ai filé de la thune aux mômes, et je les ai mis au métro. Ils sont allés retrouver les anglaises à leur hôtel.
— J'espère pour toi qu'ils y sont toujours ...
—Elles les gardent dans la salle de bain. Mais y'a un blême. Les molosses de Peltier ... Je leur ai raconté la même chose qu'à vous.
— Ils savent où sont les enfants, alors ?

Abitbal eut une vilaine quinte de tout, l'aide-soignante entra, accompagnée d'une infirmière :
— Commandant, c'est assez pour aujourd'hui. Vous reviendrez demain.
— Une minute encore, je vous en prie, mesdames ...
Quand les deux femmes furent sorties, Londaine poussa sa chaise contre le lit :
— Tu leur as dit où étaient les mômes ...
— J'aurais voulu vous y voir, pleurnichait le garçon. Ils ont des arguments vachement persuasifs ! J'ai cru qu'en étant coopératif ... mais ces salauds m'ont filé ma dose, et sans vous ...
L'infirmière revenait, juste comme Londaine collait une pichenette au garçon coiffeur:

— Arrête tes violons, j'espère pour toi qu'on va récupérer les gamins !

— Ben ça, c'est le comble ! Moi qui ai tout fait pour les soustraire à Peltier... De toute façon, je ne veux pas vous faire de peine, mais vous aurez beau faire, s'il a décidé de trouver les morveux, le caïd, vous ne pourrez rien contre !

— Morveux toi-même ! C'est ce qu'on verra ...

— Je crois que ça suffit, à présent ! intima la nurse en montrant la porte.

Le portable de Londaine bourdonna.

— Papa ! (Lorsque Dédée l'appelait papa, c'était signe d'un profond désarroi), Roxane est partie avec un type assez inquiétant, il avait des gnons et des cicatrices partout. Il a dû avoir un vache d'accident.

— Monsieur, sortez à présent, répéta la nurse.

— Une toute petite minute, s'il vous plaît. A quoi il ressemble, ce type ?

— Je l'ai sur mon portable, je t'envoie son portrait. Maman te fait dire qu'elle passera toute la journée à Charbonnières. Bon, et pis j'en ai marre de faire le porte-pet. J'ai une vie moi aussi ! Je m'occupe des chats, point barre ! Salut !

— Attends ! Où es-tu ?

— Je fais une teuf dans le vieux Lyon, Maman est au courant, à plusse !

Londaine s'assit au bord du lit, considérant la photographie de Sandro Caserna, expliquant on ne savait quoi à Roxane qui semblait l'écouter, bouche bée.

— Je peux aller chercher de grands et forts brancardiers, si vous préférez, exposa l'infirmière en le prenant fermement par le bras.

Londaine montra la photo au garçon coiffeur :

— Tu connais cet individu ?

Abitbal tenta de se dresser sur un coude sans souci de la perfusion, et la nurse poussa les hauts cris.

— C'est Mensuy, soupira le jeune homme.

— Allez-vous sortir, oui ou non ? grondait la garde en saisissant Londaine par son col. Vous aurez de mes nouvelles, tout commandant que vous êtes !

Londaine, les genoux tremblants, ne pensait pas qu'il aurait eu un jour à choisir entre deux femmes aimées, différemment, certes, mais dont il ne saurait se passer.

— C'est vous, Vilejo ? C'est quoi le plus court chemin pour Charbonnières ?

— Vous êtes où, patron ?

— A l'hôpital Saint-Jean.

— Ben, vous prenez route de Vienne, la rue Bloch et celle de l'Université. Après le quai Claude Bernard, vous traversez le Pont Gallieni et vous sortez de Lyon par l'A6. Puis après Tassin-la-Demi-Lune, vous prenez la route de Paris.

— Vilejo, allez au Pharaon, interviewez gentiment mais fermement un certain Michel Obald, croupier, sur ce qu'il aurait entendu se dire sur Peltier.

— Ça roule, patron.

— Lazarus est avec vous ?

— Il est avec Drahaye, ils matent le sommier. Il y aurait du nouveau sur la photo de groupe que vous avez trouvée. Je vous le passe.

— Lazarus, vous avez trouvé traces d'enfants chez Abitbal ?

— Comment ?

— Écoute, Olivier ! gueula Londaine, passant au tutoiement sans y penser, fonce dans la piaule du garçon coiffeur, l'appartement d'à côté. Si par extraordinaire, tu y trouves une certaine Volodia Lanarova, tu l'emmènes de force, tu la mets bien au chaud à la boîte. Et puis, tu fonces à l'hôtel *Saint-Paul*, Jolène et Sathi y sont, tu les aides à ratisser la taule, et vous me ramenez deux loupiots, un garçon et une fille d'environ douze ans. Il se peut que vous ayez un comité d'accueil. Deux tondus vérolés. Peut-être même Peltier, le problème, c'est qu'on ne connaît pas sa tête ... Prends trois hommes, de ceux qui ont le plus de bouteille. Je te fais confiance. Il va vouloir récupérer ces gosses coûte que coûte !

— Vous avez bien dit, « Volodia Lanarova », patron ? Parce que, sur la photo trouvée chez Mme Irina Galissimova, figure un homme âgé : Drahaye a trouvé qu'il s'agissait d'un célèbre mathématicien de Kharkov dans les années 80, le professeur Lanarov... Je vous passe Drahaye. On est partis, patron !

— Voilà, commandant, exposait Drahaye. Après la catastrophe de Tchernobyl, le professeur Lanarov refusa de quitter un village proche, Pripyat.
— Pripyat ... La ville fantôme ..
— Lanarov serait demeuré avec sa femme pour s'occuper de ceux qui refusèrent d'obéir aux autorités et de calter vite fait, et pour prendre soin des animaux qui devaient tous être abandonnés sur ordre du pouvoir : chiens, chats, etc, vous voyez. Et aussi des chevaux sauvages et des bisons, voilà ... Sur la photo, il y a notamment sa femme, Daïna, et Irina Galissimova, la soeur du professeur Lanarov. Et aussi deux enfants, Volodia, la petite-fille, qui avait dix ans à l'époque et un gamin du même âge, Cyril Parinov, adopté par les époux Lanarov. La photo aurait été prise sur

le toit du plus haut immeuble de Tchernobyl, quelques heures après le flash ...

Londaine manqua la bonne rue, fit un demi-tour périlleux au milieu du carrefour, grimpa sur un trottoir, repartit dans de grands bruits de pneus crissants et un concert de klaxons et d'imprécations.

— Ça va, patron ?

— Beau travail ... articula Londaine d'une voix blanche.

Il respira un grand coup :

— Antoine, demande au labo s'ils peuvent agrandir le cliché, et passer la tête des enfants au logiciel de vieillissement.

— Bien. J'ai autre chose, concernant les vols d'œuvres d'art. Ça va peut-être vous intéresser.

— Vas-y... dit Ulrich, l'œil sur l'écran du GPS qui lui indiquait qu'il allait traverser Marcy-l'Etoile.

— Il est réapparu en vente aux enchères deux Fauves Hongrois, d'une valeur inestimable, qui avaient disparu depuis au moins vingt ans. De fait, on en avait perdu toute trace, avec une centaine d'autres de la même école, après la seconde guerre mondiale. Mais de temps à autre, ils reparaissaient sur des catalogues de vente, puis on n'en parlait plus, après leur acquisition par des collectionneurs anonymes. Deux nus magnifiques de *Bornemisza* viennent d'être mis en vente dans une galerie parisienne, par un avoué suisse, sur ordre de leur propriétaire qui ne souhaite pas dire son nom. Mais on devrait parvenir à le savoir. Pour le moment, Interpol n'arrive pas à mettre la main dessus : l'avoué ne sait où le joindre. Vous êtes toujours là ?

— Je t'écoute.

— Figurez-vous qu'avant de les mettre en vente, la succursale parisienne de *Butterfly's* leur a fait subir un petit check-up. Mal leur en a pris. Ils ne peuvent plus les vendre, après tout le fric qu'ils ont investi pour la promo.

— Pour quelle raison ?

— Les croûtes sont dangereusement radioactives ! Méchamment contaminées au césium 137 ! La police tant anglaise qu'européenne aimerait bien savoir qui les détenait, et dans quelles conditions.

— Il y a gros à parier que ces toiles sont passées au moins entre les mains de Baby Doll... Et ce fameux« collectionneur » aurait eu la gorge tranchée dans la chambre 325 du Centaurus de Perrache, que ça ne m'étonnerait qu'à demi. Voilà, il s'agit de mettre les pièces du puzzle en place...

— Qu'est-ce que vous dites ?

— Je réfléchissais à voix haute. Jolène a appelé ?

— Non. Vous voulez que j'aille voir ?

— Turini est avec toi ?

— Il est parti chez Abitbal, avec Lazarus.

— Écoute, je ne peux pas être sur les lieux, là, tout de suite, mais je crains d'avoir encore envoyé Jolène et Sathi au massacre. Lazarus et Turini vont les rejoindre, mais vous ne serez pas trop de tous. Il paraît que tu es une bonne gâchette, en plus de faire danser les souris.

— Je me défends. Vous croyez qu'il risque d'y avoir de la casse ?

— Peltier veut absolument récupérer les gosses. J'ai peur qu'il n'y ait encore des balles perdues ...

— Je vous ai entendu parler de tondus vérolés tout à l'heure, je crois bien que nous avons ce type de beautés sur les photos prise dans la foule des badauds, quand la petite est tombée du toit ...

— Tu pourrais avoir leur CV rapidement ?

— Je vais y coller les petits génies en stage. Ah ben ! Je vois Bassanian qui rapplique, le bras en écharpe ! Je le laisse à la bécane, et je fonce. Il y aurait encore des trucs à vous dire, au sujet de la clé de coffre dans le petit camion rouge, mais rien de tout à fait précis... Patron, vous avez des problèmes ?

— Tu es sympa, mais je crois que je vais me débrouiller seul. Je ne sais même pas où je vais ...

— Je crois que le patron a des ennuis, confia Antoine Drahaye à Jules Bassanian, tout en passant son gilet pare-balles et son holster.

— Et moi, tu crois que je n'en ai pas ? Comment je fais pour tremper une tartine d'une seule main, quand il faut que je tienne ma tasse de l'autre ?

Drahaye lui fila une tape amicale.

— Tu as entendu ? Je file rejoindre Jolène à Saint-Paul.

— T'inquiète, fit Bassanian, de nouveau sérieux. Je ne le lâche pas, le boss. Avec le traqueur de la caisse, pas de souci.

Bassanian avait repéré Londaine à Charbonnières.
« Tiens, Monseigneur aurait-il le vice du jeu ? »

— Patron, vous êtes là ?

— Bassanian, vous devriez être dans votre lit ... Vous n'êtes pas raisonnable !

— Ma femme de ménage déteste les miettes dans les draps ... Patron, mauvaise nouvelle. On a retrouvé le corps d'une certaine Siman Linh Dao dans les toilettes pour femmes de Satolas. Ses longs cheveux mouillés sur le carreau. Très romantique. Quel bordel, la vie...

11

La *Bayadère* allumait des girandoles de papier, qui rendaient encore plus mafflus les grotesques de pierre montant la garde. Des couples chics montaient l'escalier, cachemires, nœuds pap et robes arachnéennes, pour un apéro précoce autour du piano bar. Les prémices de la bonne cuisine s'exhalaient des offices. Ici, on paraissait ignorer la crise.

Essoufflé, Ulrich tenta de retrouver son calme pour demander où se déroulait la démonstration de lingerie fine. Le réceptionniste lui décocha un regard torve, et daigna répondre, avec une moue réprobatrice, qu'aucune manifestation de cet ordre n'était prévue à la *Bayadère*, ni ce soir, ni aucun autre à sa connaissance.
— Vous n'auriez pas vu une femme dans la quarantaine, bien roulée, vêtue de rouge, talons hauts, chignon blond, accompagnée d'un bellâtre tout couturé, avec des lunettes noires, l'air plutôt menaçant ... aboya Londaine sans se faire d'illusion, pour se donner le temps d'observer la clientèle.
— Regardez autour de vous. Vous n'aurez que l'embarras du choix, répondit le concierge laconique, en reprenant sa page d'écriture.
Londaine s'accouda au comptoir, et dans ce mouvement, sa veste dévoila son arme dans sa gaine, contre son aisselle. L'employé s'empara discrètement du téléphone, et Ulrich jugea plus prudent de se diriger vers le bar.

En sueur, le cœur battant, pensant à Volodia, aux dernières investigations de Drahaye, à ces histoires de tableaux, à ces gosses en danger, il se sentit submergé, prêt à couler, seul sur cet océan d'embrouilles. Il supputait que si Mensuy, alias Sandro Caserna, avait enlevé Roxane, c'était lui seul, Ulrich, qui en était responsable. Et pour quel motif ? La jalousie ? Le fric ? Quelle contrepartie ? Les gosses ? Renoncer à Volodia ? Les tableaux ? Tout en même temps ?

Et si c'était Mensuy qui avait noyé Siman dans les lavabos de Satolas ... Dévoré d'impuissance, Londaine sentait son estomac se tordre, au bord de la nausée.
Il était là, comme un imbécile, dans une ville qui s'apprêtait pour une nuit de jeu et de plaisir, indifférente au devenir d'une femme abandonnée aux mains d'un tueur. Si ça se trouvait, Roxane était à l'autre bout du département, et il était tombé dans le panneau, le commandant Londaine qui se croyait bien malin, à qui on n'en remontrait pas !
Il eut envie d'appeler Janin Lomberg, comme autrefois. Janin avait toujours des solutions pour tout ...
Incapable d'ordonner deux idées cohérentes, il enfouit son visage entre ses doigts.
    — Qu'est-ce que vous buvez ?
    — Vous avez de l'absinthe ?
Il suivit les mains du barman sacrifiant au rituel de la « verte », tout comme Bicot à la buvette des Puces du Canal.
Bientôt, sa respiration retrouva un rythme régulier, et les yeux perdus sur le parc qui s'assombrissait, il réfléchit plus posément.
    — Il y a des vieilles baraques fermées, dans cette ville ?

Le serveur maniait deux shakers comme des maracas, bouche close, en regardant Londaine dans les yeux. Le commandant posa vingt euros sur le comptoir, en plus du règlement de sa consommation.

— Vous voulez placer du pèze ?

— En quelque sorte ...

— Il y a un vieux relais en direction de Sain-Bel, à huit kilomètres environ. Après le rond-point de la Belle Étoile, vous prenez la D7. Vous verrez un chemin à gauche, vous le prenez, c'est au bout. Attention, c'est plein de nids de poule. Le portail est cadenassé, mais on l'escalade aisément. La racaille ne s'en prive pas. Vous pourrez visiter à votre aise, si vous ne craignez pas les épines, et vous ne risquerez pas d'être dérangé.

Cinq heures et demi. L'ancienne auberge, bouffée de lierre et de ronciers, se dessinait contre un beau ciel violet et orange, laissant présager une nuit venteuse.

Les bruits du trafic de la départementale parvenaient étouffés. Londaine se gara tout feux éteints à ras un petit fossé, presque en face de ce qui avait été l'entrée de l'ancien relais, au commencement d'un chemin de terre menant à une maison dont on percevait les lumières, assez loin. Pas de risque qu'on entende appeler au secours.

Le portable de Volodia était sur messagerie. Celui de Jolène Gentil ne répondait pas non plus. Ulcéré, Londaine observa longuement les alentours. Il n'y avait pas de véhicule en vue, et finalement, peu d'espoir que Roxane fût à Charbonnières.

Son portable hulula. C'était Vilejo. Il avait rencontré le croupier Michel Obald. Il se trouvait que ce dernier était au mieux avec la petite amie du traiteur ayant abreuvé et nourri, lors de petites sauteries, les différents prétendants au rachat du Pharaon et les instances intérimaires du complexe.

Accessoirement, cette demoiselle s'embauchait comme hôtesse haut de gamme dans les pince-fesses. Ainsi, elle avait pu approcher Peltier : un assez bel homme dans la trentaine, qui s'exprimait parfaitement en français et en anglais, mais elle l'avait surpris bavardant dans une langue qui semblait être du russe. Il était vêtu avec recherche, mais assez chaudement pour la saison, et ses mains étaient invisibles, sous des gants de peau sombre extrêmement fine.

— J'ai demandé si des photos avaient été prises, exposait Franck Vilejo. Mais comme les entretiens liminaires étaient officieux, les journalistes n'étaient pas conviés, et les numériques et autres portables priés de rester dans les poches.

— Ça ne fait rien. Je crois qu'on pourra se débrouiller autrement pour lui tirer le portrait.

— A propos des tableaux, alors que la soirée battait son plein, sous un déluge de Mumm de la meilleure année, la fille a entendu Peltier évoquer en anglais la vente prochaine de tableaux, pour une somme infiniment supérieure à celle demandée pour l'acquisition du casino. Peltier assurait que le pactole serait très rapidement disponible, dans son intégralité, garantie qu'étaient loin d'apporter les autres candidats.

— Nous y sommes ... souffla Londaine.

— J'ai demandé à la boîte si par hasard on aurait un CV du mafieux, mais curieusement, il n'est fiché nulle part. Un malin, bien cloisonné ... Évidemment, Peltier n'est pas son vrai patronyme.

— Vilejo, je n'arrive pas à joindre le capitaine Gentil. Qu'est-ce qui se passe, à l'Hôtel Saint-Paul ?

— Je l'ignore, mais je rentre. J'appelle Bassanian : Lazarus m'a dit qu'il remplaçait Drahaye, pour coordonner les appels.

—Lazarus et Turini se sont-ils rendus chez Volodia Lanarova, je veux dire, chez la voisine du garçon coiffeur ?

— Je me rencarde, patron !

Le portable résonna de nouveau. Un numéro inconnu. Londaine prit l'appel avec appréhension, et aussi quelque espoir. Une voix éraillée, mâtinée d'accent slave :

— Salut, commandant Londaine, vous avez une bien jolie femme...

Londaine sauta de la voiture et claqua la portière.

— Où êtes-vous ? Qu'est-ce que vous voulez, Mensuy ?

— Tiens, vous savez donc qui je suis ... Tant mieux, ça me fera gagner du temps. Ce que je veux ? Quelle question étrange ! Et vous, vous ne voulez donc plus de votre femme ? Au fait, merci pour le fric, avec une jolie quarantenaire en prime. D'ordinaire, je n'aime pas trop les fausses blondes, j'aime plutôt les vraies brunes comme Siman, mais là ...

— C'est vous qui ...

— On avait dit : part à deux. Ces tapins n'en ont jamais assez ...

— Dites ce que vous voulez et finissons-en.

— Elle est bien bonne ! Pourquoi prendrais-je le risque de doubler cette fripouille de Peltier ? Il est vrai qu'il est moins dangereux que fut un temps... Mais il est encore puissant, malgré sa maladie. Les Hongrois, bien sûr ! Je veux les Hongrois ! Tous les tableaux !

Londaine respira longuement. Il fallait réfléchir vite et bien. Tenter de négocier. Gagner du temps.

— Je veux parler à ma femme.

— Je vous l'aurais volontiers passée, mais elle fait un petit somme. J'ai dû doubler la dose de somnifère, une vraie trigresse !

— Salopard !

— Soignez votre vocabulaire, Londaine. On n'a pas fait tout ce boulot depuis Nîmes, on n'a pas emberlificoté bobonne avec ce commerce de petites culottes, — mais oui, mon commandant, le grand amour de votre vie, Volodia chérie, en est aussi, qu'est-ce que vous croyez ! —, on ne s'est pas débarrassés de votre prédécesseur pour des prunes ! Tenez, voulez-vous que je vous dise, c'est Volodia qui tapait le plus fort sur la tête du pauvre Nemat ! Ce crétin, qui en était raide dingue, qui voulait tout lâcher pour cette petite traînée ! Mais elle est comme les autres ! Pire que les autres !

« *Salaud ... Je vais te dessouder vite fait ...* »
Londaine ôta son holster, glissa son arme dans sa ceinture, contre son dos.

— Assez ! Finissons-en ! Où êtes-vous ?
Mensuy se taisait. Sans doute mesurait-il avec délice, au son de la voix du policier, les dégâts des coups portés.

— On ne va plus reculer, à présent, chuchota-t-il enfin. Si vous voulez négocier, c'est maintenant. Je vous vois ... Contournez la vieille baraque, et pas d'entourloupe, je suis armé, moi aussi ...

— Bassanian, mon gros, c'est Vilejo. Ca fait plaisir de te savoir à la boîte ! Je quitte le Pharaon. Je viens d'avoir le patron, il ne peut pas joindre Jolène à *l'Hôtel Saint-Paul*. Il avait l'air bizarre. Tout à l'heure, il m'a demandé le meilleur chemin pour aller à Charbonnières. Il semblait vouloir être seul ...

— Justement, avant de décoller, attends un peu. J'ai suivi *Monseigneur* avec le tracker : Il a traversé Charbonnières, et pris la direction de Saint-Bel. A huit cents mètres environ après la sortie du village, sur la D7, il y a une autre route, peut-être un chemin qui s'embranche à gauche. Tu le prends et tu roules sur trois cents mètres : son véhicule est immobilisé là. Avant de revenir à l'écurie, tu ne voudrais pas jeter un coup d'œil par là-bas ? Pour Jolène, je n'en sais pas plus que toi ! Sois prudent, et ne m'appelle pas mon gros, tu me feras plaisir.

— J'y vais. Londaine s'inquiète pour Mme Lanarova ... Est-elle dans nos murs ?

— Ben, non. Et je le regrette. Je vais essayer de joindre Olivier. Sinon ; rien de nouveau. Ah ! Si ! Quelle bête je fais ! Un renseignement de première ! Les petits génies d'Interpol viennent de nous communiquer, à la demande de Drahaye, l'identité de l'égorgé du Centaurus. Il s'agirait d'un certain Viktor Masseiov : citoyen russo-helvétique domicilié à Vevey, le veinard ! Viticulteur, exportateur, et collectionneur de tableaux. Le Bureau de Liaison peaufine son rapport et nous communiquera le complément d'information.

— Ça sera tout répété au boss. Je t'embrasse, mon gros, et ne te surmène pas, tu es encore bien faible.

A *L'Hostellerie Saint-Paul*, tout n'était que calme et volupté. Hormis dans la chambre des dames anglaises ligotées sur leur chaise, installées dos à dos. Un homme immense, chauve, le visage grêlé, assis de biais sur le dossier du sofa, tantôt les observait, tantôt consultait sa montre, tout en se curant les ongles avec un coutelas. Deux autres mastards tondus, Glock à la ceinture, défendaient la porte sans quitter les prisonnières des yeux.

A la réception, il fut répondu au capitaine Gentil, que les dames britanniques étaient sorties.

— Voyez vous-mêmes. Le pass est à son support.

— On va s'en assurer, si vous permettez.

— Mais madame, l'hôtel a un détective. Tout est calme. Si nos clientes étaient en danger, nous le saurions.

— Moins fort, s'il vous plaît. Je monte simplement avec mes hommes, ne vous inquiétez pas, nous ne ferons pas de vagues.

— Je l'espère bien. Enfin, si vous jugez nécessaire de ...

— Ne prévenez personne dans l'immédiat. Quel numéro, l'appartement des dames ? Les chambres mitoyennes sont-elles occupées ?

— C'est la 210. La 212 est libre, la 208 louée par un couple en voyage de noces.

— Ils sont là, les amoureux ?

Le réceptionniste acquiesça.

— Et dans la chambre au-dessus des anglaises, il y a quelqu'un ?

— Pas encore, nous attendons des voyageurs pour ce soir.

— Avez-vous des clients chauves, ou rasés, à l'allure d'hommes de main ?

— Madame, nous sommes un petit établissement, mais d'excellente réputation et ... D'ailleurs, puisque nous parlons de chauves, Fabien Barthez nous a honorés de sa présence, l'été dernier.

— Et des clients qui auraient ce physique, mais en moins pacifique, ça ne vous dit rien ? Il y a toujours quelqu'un à la réception ? les individus ont pu entrer sans qu'on les voie.

— C'est-à-dire que ... De temps à autre, j'aide à porter les bagages ou le courrier ... Mais ils ne seraient certainement pas passés inaperçus.

— Ça, on ne peut pas le dire. Il y a une autre entrée ?

— Celle qui mène à l'office, derrière, et qui sert de sortie de secours. Elle donne dans la cuisine et la rue Juiverie. Mais il faut obligatoirement passer devant le comptoir pour monter dans les étages.

— L'exercice est aisé, si le réceptionniste n'y est pas.

L'employé soupira :

— Si vous croyez que c'est facile, de se dédoubler !

Karim se proposa d'aller jeter un coup d'œil à l'entrée de l'hôtel rue Juiverie.

— Ces dames ont-elles commandé quelque chose d'inhabituel ?

— Non. Mais vers quatre heures et demi, elles prennent un thé assez copieux.

— Personne dans les parages ! annonça le lieutenant Sathi. A moins que les apprentis pâtissiers soient aussi des sbires de Peltier. Ils sont là depuis dix heures ce matin, et n'ont pas vu de tondus à la figure grêlée. Si les bonshommes sont là, ils sont entrés par la grande porte, et déjà en haut ...

Le réceptionniste s'arrachait les cheveux :

— Que faut-il faire, alors ?

— Rien pour le moment. Surtout, ne parler à personne de tout cela. Avoir l'air naturel.

— Vous en avez de bonnes, vous ...

Jolène et Karim Sathi atteignirent le second étage. Comme il allait poser le pied sur le palier, Karim se jeta vivement en arrière. Il avait vu entrer un homme en noir dans la chambre contiguë à celle des anglaises, et son faciès correspondait à la description.

— Ils sont là ... Un type vient d'entrer à la 212. Bizarre qu'ils n'aient pas emmené les deux femmes, alors que personne ne les a encore repérés.

— Ils cherchent certainement les mômes ... Flûte ! Ils ont tout prévu, on ne pourra pas savoir combien il sont. Ils vont essayer de faire parler leurs otages. S'ils n'en tirent rien, ils s'en débarrasseront.

— Qu'est-ce qu'on fait ? On appelle Londaine ?

— Si Peltier ou ses sbires sont toujours là, c'est qu'ils ont des raisons de croire que les gosses sont encore cachés dans l'hôtel. Il faut les chercher et les trouver avant eux ... et avant le carnage ...

Un pas feutré montait l'escalier. La capitaine dirigea son arme dans cette direction. Drahaye leva vivement les mains.

— Tu m'as fait une de ses peurs ! chuchotait Jolène.

— Et à moi donc ! Le patron nous envoie en renfort. Il craignait que Peltier et sa clique ne débarquent. Gabin Turini joue les touristes dans le salon près du hall. Au cas où l'ennemi voudrait bloquer l'entrée. Et Olivier inspecte la rue.

— Pour Peltier, on ne sait pas, mais la clique est bien là, et tient les anglaises en otage.

Drahaye étouffa un juron.

— Tirons-nous d'ici, commanda Jolène. On monte au-dessus.

La capitaine retint par la manche une femme de chambre qui passait avec une pile de draps, et lui montra sa carte de police :

— Pas de bruit, pas d'affolement. Prêtez-moi votre tenue. Ne prévenez personne. Il y a une caféterie à l'étage ?

— Oui, madame.

— Soyez gentille de me préparer un thé anglais pour deux, le plus rapidement possible.

— Jolène, disait Drahaye, tu ne vas pas faire ça.

— Tu vois une autre solution ? C'est la seule façon de s'assurer que les deux femmes sont encore en vie, du nombre de types dans la chambre, et avec un peu de chance, de savoir où sont les gosses...

— On te couvre.

— Non, vous resterez là. Dès que je sais ce qu'on veut savoir, je remonte.

Vêtue de la tenue rose des femmes de chambre, Jolène programma l'ascenseur pour le second. La cage s'arrêta dans un bruit sourd, et les portes s'ouvrirent lentement. La capitaine prit une longue inspiration et poussa sur la moquette la table roulante portant les accessoires du thé. Elle passa devant la 212 sans tourner la tête, alors que la porte venait de s'entrebâiller, frappa à la 210. Comme rien ne venait, elle toqua de nouveau.

— Tea, madam.

Le visage buriné d'un homme chauve, portant des lunettes noires, apparut.

— Moment, please.

La porte se referma. Le cœur battant, Jolène fit mine de s'abîmer dans l'ordonnancement des couverts sur la nappe blanche. Deux minutes s'écoulèrent.

On ouvrit enfin, et s'effaçant, l'homme lui intima muettement d'entrer. Les anglaises étaient assises sur un canapé, et paraissaient les seules occupantes de la pièce. Jolène entrevit la porte de la salle de bains se refermer discrètement.

Elle servit le thé, croisant le regard anxieux des deux femmes. Leurs mains tremblaient, et leur voix aussi, lorsque la jeune policière ajouta sucre et lait, et passa les tasses. Elle déplia de petites serviettes et les déposa sur leur genoux. L'homme à lunettes ne perdait rien de leurs gestes, et Jolène sentait dans son dos, son impatience s'exaspérer.

L'une des femmes ouvrit son sac à main et y puisa un pourboire. Jolène tendit la main, l'ouvrit à demi. Elle y avait inscrit au stylo bille :

« *Where are the children ?* »

— Thank you, Madam, dit-elle avec une petite révérence.

— Vous êtes française, mademoiselle ? demanda l'anglaise d'une voix pâle d'émotion.

— Oui, madame.

— Pressons-nous, intervint l'homme sur un ton excédé, avec un fort accent. Vous savez que nous sommes attendus.

— Eh bien, ma chère, reprit l'otage, je vous fais compliment pour votre service, il est parfait, pour une jeune française. Je vous félicite aussi pour le pain, c'est un régal. On sent bien qu'il est cuit au four, comme traditionnellement.

Jolène croisa son regard anxieux, fit un petit signe de tête.

— Merci, madame, je transmettrai vos approbations au Chef.

Puis elle se retira sous le regard perçant de l'inconnu, alla frapper à la 208, où un homme ensommeillé et en petite tenue, vint lui ouvrir. La porte de la 210 claqua. Jolène s'excusa pour s'être trompée de chambre, auprès des jeunes mariés qui n'en avaient cure. Elle ressortit le plus naturellement du monde et grimpa au troisième.

Drahaye respira de nouveau, lorsqu'elle entra à la 310.

— Où est Karim ?

— Il fait un tour discret, pour essayer de savoir combien ils sont. Tu penses que Peltier est là ?

— Le type que j'ai vu a plus l'air d'un second couteau ...

— Les stagiaires vont nous envoyer certaines photos que nous avons prises autour de l'aire technique, lors de l'enquête rue Bèchevilain. Il pourrait bien se trouver parmi les badauds, quelques tondus qui ont une ardoise à la boîte. Si tu reconnaissais l'un d'entre eux comme étant l'individu qui tient les anglaises...

Jolène appela la femme de chambre :

— Il y a un four à pain, dans l'hôtel ?

— Pas que je sache. Le pain est livré par la boulangerie *Pozzoli* de de la rue Ferrandière. Aussi bon que s'il était cuit à l'hôtel !

— Un four à pain. C'est pourtant bien ce que j'avais cru comprendre ... soupirait Jolène, découragée.

Le réceptionniste expliqua qu'il n'avait pu faire autrement que d'avertir le propriétaire de l'établissement, qui arpentait son bureau, effaré. Il se tourna vers Drahaye :

— C'est vous, la police ? Qu'est-ce que j'apprends ? Il y a des malfrats dans mon hôtel ? Ils vont prendre des otages ? C'est une plaisanterie, j'espère...

Jolène s'avança, toujours vêtue de sa blouse de femme de chambre :

— Soyez discret, je vous en prie. Capitaine Gentil, de la crim' de Lyon. Savez-vous s'il y a un four à pain, ici ?

L'hôtelier la considérait les yeux arrondis :

— Mais pourquoi diantre ... Je ne comprends rien ...

Karim frappa discrètement à la porte, faisant signe à sa supérieure de le rejoindre.

— J'ai entendu deux gonzes parler russe ou approchant, au bar ! Pas des marrants ... et Lazarus me signale deux loustics pas plus engageants qui se baladent un peu partout dans le quartier. — Il faut trouver ce fichu four à pain ... C'est pourtant bien un four à pain, que l'anglaise a évoqué ! Elle n'a pas pu se tromper, elle possède parfaitement notre langue !

— En cuisine, j'ai vu un très vieil homme qui brique l'argenterie. Il saurait peut-être de quoi il s'agit.

Survint Turini, casquette sur l'œil et numérique en bandoulière :

— J'ai repéré deux types qui sont montés au premier par l'ascenseur. Je jurerais qu'ils étaient armés !

— Ils ont dû louer une partie des chambres ! râlait Drahaye.

— J'ai peur qu'ils ne finissent par s'apercevoir que la police est là, capitaine. Ça va être un carnage !

— Ne m'appelle pas capitaine, Gabin. Et je pense qu'ils n'entreprendront rien tant qu'ils n'ont pas les gones. Il faut les trouver avant eux !

Dans la cuisine, un long homme maigre, à gilet de majordome, alignait des couverts rutilants sur une serviette.

Jolène s'assit près de lui :

— Bonjour. Il y a longtemps que vous travaillez à *l'Hôtel Saint-Paul* ?

L'employé leva vers la jeune femme un bon regard :

— Une éternité, ma jeune dame.

La capitaine posa doucement sa main sur la sienne :

— J'ai besoin d'un renseignement, monsieur. Je suis de la police. C'est une question de vie ou de mort. C'est très important. Savez-vous si *l'Hôtel-Saint-Paul* possède un four à pain ? Même un très vieux truc, vous voyez ?

— Un truc presque aussi vieux que moi, hein ?

Il sourit, rangea chiffons et ustensiles avec grand soin, épousseta son gilet et son pantalon, et fit signe aux policiers de le suivre :

— Vous cherchez les petits, c'est ça ? Bon, eh bien, allons-y, j'espère que j'ai raison de vous faire confiance ...

12

Londaine progressait lentement en écrasant les buissons, jurant comme un démon à chaque fois que les longues lianes épineuses cardaient ses vêtements, labouraient et brûlaient sa peau. Son téléphone sonna. Ce n'était pas Mensuy, mais la voix assourdie de Jolène Gentil.

— Content de vous entendre, capitaine.

— Patron, on est au *Saint-Paul*. On cherche les mômes. Il y a plusieurs individus dans l'hôtel qui pourraient être des hommes de Peltier. La boîte a envoyé à Drahaye le portrait de types qui se trouvaient parmi les badauds, le jour où la petite a été poussée du toit. Ils ont tous un casier. J'ai formellement reconnu l'un d'eux : c'est celui qui retient les anglaises dans leur chambre.

— Vous l'avez vu ? Il est seul ? C'est un tondu ?

— C'est un tondu. Le sommier a délivré les états de service du type : assez peu reluisants, se restreignant à des braquages, écoulement de fausse monnaie et escroquerie aux cartes bancaires.

— Pas de lien mafieux ? Bizarre ...

— Il n'est pas seul. Ils sont au moins deux, j'ai vu se refermer discrètement la porte de la salle d'eau quand ... Et il y a d'autres types du même acabit dans l'hôtel et le quartier. On pense qu'ils ont retenu plusieurs chambres du *Saint-Paul*.

— Comment savez-vous que l'individu que vous avez reconnu se trouvait dans l'appartement des anglaises ? Vous n'y êtes pas entrée, tout de même !

— Il fallait bien se faire une idée de la situation ... J'ai emprunté une tenue d'employée d'étage.
— Ne me refaites jamais un coup pareil. Bon. Il est si grand que ça, cet hôtel ? Comment se fait-il que les enfants ne soient pas encore trouvés ?
— C'est un très vieil immeuble classé. Il y a des recoins et des mini-traboules partout. Mais nous ne sommes pas très loin du but, je vous rappelle tout de suite, patron !
— Merci, Jolène.
— Patron, vous avez un ennui ?
— J'en ai même plusieurs ... Mais ça devrait aller, merci bien ! Demandez à Antoine Drahaye s'il a du nouveau, au sujet des enfants de la photographie traités au logiciel de vieillissement. J'ai de bonnes raisons de penser que le jeune Cyril Parinov pourrait être Peltier. J'ai aussi quelques éléments nouveaux, au sujet des fameux tableaux ... Les Fauves Hongrois ...
— Des fauves hongrois ? Vous voulez parler de ceux de chez *Butterfly's*, que l'on a retirés de la vente pour cause de radioactivité ?
— Peut-être bien ...

Sans quitter des yeux les fenêtres du relais obscurcis par la poussière et la nuit qui s'installait, Londaine respira longuement, s'accroupit contre un tronc de chêne dont la foudre avait eu raison.

« Les fauves hongrois »

Il se remémora les paroles de la belle Siman, évoquant la conversation en russe qu'elle avait surprise au *Centaurus* de Perrache, dans la chambre du faux Vladimir Sorosko, et où il était question de tableaux et d'animaux sauvages... Elle avait simplement mal traduit ce qu'elle avait entendu. Les « Fauves »dont il s'agissait étaient inoffensifs. En principe ...

— Bien joué, Jolène. Aux dires de Vilejo, Peltier a une taille élevée, le type slave, et porte toujours des gants. Avez-vous vu un particulier ayant cette allure au *Saint-Paul* ?

— Pas pour le moment.

— Il se peut qu'il fasse faire le boulot par ses hommes.

— Pas par ses hommes, patron. Par des arnaqueurs à la petite semaine. On se demande pourquoi.

— Oui. On se demande pourquoi ...

— Patron, on va certainement trouver les mômes, mais ça va être jojo pour les faire sortir de l'hôtel. Qu'est-ce qu'on en fait ensuite ? On les ramène à la boîte ?

— Peltier a certainement mobilisé ses meilleurs lieutenants pour les intercepter à leur sortie, ou sur la route. Tout ça ne me dit rien qui vaille... Savez-vous si Lazarus a trouvé Volodia ? Volodia Lanarova...

— Elle n'était pas chez elle. Depuis, on n'est plus ou moins déconnectés de Marius Berliet.

— Elle ne serait pas au *Saint-Paul*, par hasard ?

— Non, pourquoi ? Lazarus l'aurait repérée.

— Parce que les enfants sont les siens ...

Il y eut un long silence. Londaine passa un oeil prudent hors de l'abri de la souche. Que faisait Mensuy ?

— Jolène, je crois qu'il faudra appeler les cow-boys, dès que les enfants seront dehors. Vous déposerez les mômes au Consulat britannique... Laissez-moi réfléchir.

— Qu'est-ce qui se passe, patron ? Où êtes-vous ? Drahaye veut vous parler, au sujet de la clé, vous savez ?

Londaine se jeta à plat ventre, puis il courut, roula et rampa contre un muret écroulé. De là, il voyait à présent la porte à demi défoncée, les meneaux de la partie supérieure arrachés, et l'oeil noire d'une carabine, qui surveillait ses moindres mouvements. Le silence, lourd de menace. Un merle s'envola en criant. Des feuilles sèches crissèrent comme des perles. Ulrich se laissa tomber contre les pierres qui s'éboulaient, appuya sa nuque ankylosée.

— Ça va aller, Jolène, pas de souci.

— Patron, c'est Drahaye. Je ne sais pas si le moment est bien choisi...

— Dis toujours.

— La clé est celle d'un coffre de la *Compagnie Régionale de Banques*, plus précisément, un coffre d'une succursale de la Drôme, un village qui s'appelle Saint-Bernin-en-Savoir. L'agence est désaffectée depuis des années, parce qu'elle est située à un croisement, et que les camions se payaient immanquablement la façade. Mais les coffres n'auraient jamais été vidés, vous le croyez, ça !

— Tu veux dire que les tableaux pourraient y être encore ? Mais comment seraient-ils arrivés jusque là ? Bon, écoutez-moi tous les deux, j'ai peu de temps... Je vais vous donner le numéro d'un certain Janin Lomberg, c'est mon beau-père. Demandez-lui de vous rejoindre à *l'hôtel Saint-Paul* avec sa vieille Opel Capitan.

— Patron ...

— Faites-ça, c'est un ordre. Je vais vous envoyer des renforts. Dès que les mômes seront sortis, vous faites évacuer le taule, et vous appelez le GIPN, qu'il récupère les anglaises. A présent, n'essayez plus de me joindre, ça mettrait tout le monde en danger. Vous savez ce que je vous dis ... Antoine, merci pour le renseignement.

— De rien, patron, mais ...

— Je crois qu'on a fait une erreur quelque part ... Essayez de loger Peltier. S'il n'est pas dans l'hôtel ou aux abords, c'est mauvais signe ! Où est Vilejo ? Dites-lui de retourner rue du Major Martin, dans le Ier, pour savoir si Volodia Lanarova est rentrée.

— C'est que ... Je ne sais pas où est Vilejo. Bon, j'envoie Turini aux nouvelles. Patron, vous avez besoin d'aide ? ...

— Est-ce que Redeven est dans les parages ?

Londaine n'entendit pas la réponse, son portable venait de lui échapper lorsqu'il se jeta face contre terre, juste quand la balle siffla à un mètre au-dessus.

« *Sacré tireur, un peu plus, il m'avait en plein cœur ... Il veut ma peau, ma parole.* »

— Mensuy, si tu veux les tableaux, tu as intérêt à ce que nous restions en vie, ma femme et moi !

Un volet cria, claqua contre le mur.

— Te bile pas, poulet, c'était juste un petit amuse-gueule, pour te montrer de quoi je suis capable ! A présent, arrête de jouer au commando, fais le tour de la maison, entre par la cuisine et tiens-toi dos au mur. Une seule initiative, et je dessoude ta bergère Louis XV, c'est vu ?

De troncs mangés de lierre en haies d'aubépines géantes, Londaine contourna la bâtisse. Le pare-chocs d'un fourgon sombre luisait sous une remise à bois. Et si les tueurs étaient plusieurs ...

Il voyait vaguement une silhouette à l'intérieur, devinait qu'elle suivait sa progression à la lumière de la lune.

Il se baissa, composa le numéro de Dédée. Elle mit deux mille ans à répondre.

— Quoi ?

— C'est Papa, mon bébé, j'ai besoin de toi ...

— Sans blague ... Qu'est-ce qu'il y a ? Mais parle plus fort, j'entends que dalle !
En arrière-plan sonore, des musiques métalliques semblaient monter des fonderies de Vulcain.

— Tu te souviens de pépé Janin ?
— Ben oui, je suis pas gogol ! Qu'est-ce que tu veux ?
— Tu pourrais cacher deux gosses en danger ? Avec tes affreux ? Enfin ... Tes amis ... Il faudrait que vous soyez très nombreux ... Et très déguisés...
— ...
— Tu m'entends...
— Ouais ...
— Alors écoute bien. Je ne pourrais pas te le répéter.
— Mais où est Maman ?

La voix de Dédée, quoique saccadée, lui était restituée blanche d'émotion.

— Tout va bien, mon trésor. Fais ce que je te dis. Est-ce que tu t'en sens capable ?
— Je te rappelle que je suis la reine des Saloupés, bordel !
— Bon, alors, écoute, mon petit soldat ...

Dédée raccrocha. Perplexe, effrayée ... et ravie. Elle se retourna vers une bacchanale d'enfer et siffla entre ses doigts. La horde s'immobilisa presque aussitôt. Un saphir dérailla sur un microsillon.

— Il faut planquer deux lardons recherchés par la maf russe !
Ce fut une ruée.

Londaine poussa la porte du bout du pied. La pièce était obscure, le parquet moisi jonché de bouteilles et de vieux chiffons. S'habituant au noir, il vit le canon de la Simonov, et la crosse coincée dans les barreaux de la chaise, devina la ficelle passée dans le chien,

certainement tendue comme un serpent, s'enfonçant dans les ténèbres, décrivant de savants angles droits, et son extrémité dans la main du tueur.
Ulrich se tint dans l'ombre, juste à côté d'un rai de lune dansant avec la poussière.

— Mensuy, arrête ton cinéma !

Rien.
Il devinait le piège, ce type était un vicelard. Il allait les dessouder s'il n'obtenait pas ce qu'il voulait. Il les dessouderait de toutes façons. Pas le genre à laisser des témoins derrière lui : Roxane d'abord, lui ensuite.

— Ne bouge plus, Londaine ! glapit Mensuy. J'ai la bouche de mon Glock contre la tendre paupière de ta bourgeoise. Tu me dis tout de suite où sont les tableaux.

— Et si je ne le sais pas...

Mensuy eut un grondement de rage.

— Ne joue pas à ça, petit flic ! Tu n'es pas un imbécile, je suis sûr que tu es remonté jusqu'à Viktor Masseiov. Et que tu as trouvé les coffres ... Volodia ne t'a rien dit de toute cette histoire, pendant vos ébats ? C'est pourtant bien pour cela que Peltier t'a concédé son diamant de l'Ukraine...

Ulrich entendit un gémissement.

— Tiens ? Madame n'était pas au courant ?

Londaine fit la grimace. Il pensa à Volodia, avec un pincement au cœur. Elle aussi, peut-être ... Elle savait, elle n'avait pas voulu parler. Il l'avait tuée.

— Mensuy ? Où est-elle ? Qu'en as-tu fait ?

— Tu veux parler de Volodia ? Tu es sûr ? Devant ta femme ?

Un gémissement à nouveau.

— Tu es bien téméraire, petit flic. Tu sais, Roxane entend, malgré le shoot que je lui ai administré. Finalement, ces femmes de quarante ans ont du charme.

Londaine entendit claquer un baiser, et il serra les dents à les casser.

— De toutes façons, tu ne les trouveras jamais sans moi ! gueula Londaine. Où est Volodia ?

— Mais je l'ignore, mon ami ! Elle a sa vie, j'ai la mienne, c'est une simple passade, comme avec toi, que tu le veuilles ou non. Dans son intérêt, comme dans le tien, il vaudrait mieux que je trouve les tableaux avant Peltier. Tout est prêt. Nous récupérons les toiles, ensuite, part à trois ! Puis, nous nous retrouvons à minuit à l'entrée de l'A43, et nous nous évaporons via la Suisse. Si tu es bien sage, je te lâcherai avec madame dans la campagne, et tu n'entendras plus parler de nous.

« *Si tu comptais nous laisser la vie sauve, tu ne donnerais pas tous ces détails...* »

« *Il a dit : part à trois ! Qui est le troisième ? Pas Peltier toujours ...* »

— Tu pourras toujours évoquer les mérites de Volodia avec le capitaine Redeven ... Vous vous soûlerez ensemble en parlant du bon vieux temps. Décidément, c'est une tradition dans la police, de se payer les restes des caïds ...

L'autre éclata d'un rire gras qui se termina en quinte de toux. Londaine entendit Roxane sangloter. Déchiré, il quitta imprudemment l'ombre protectrice :

— Ça va, tu as gagné ...

Trop tard, il entendit le cliquetis de la gâchette qu'on armait. Un éclair, un sifflement, et son épaule déchirée pesa d'une douleur atroce, qui s'irradiait.

Son Sig Sauer alla cogner contre le mur de gauche, et Londaine tomba à deux genoux contre le mur.

L'ombre géante de Mensuy s'avançait, remorquant une pauvre chose qui trébuchait dans un crépitement de petits talons. Mensuy riait d'un rire fou.

— Voici une petite avance ... hoqueta-t-il.

Campé sur ses jambes, il montrait un faciès carnassier, que le faisceau de lumière filtrant par la fenêtre, blanchissait et allongeait.. Le bras de Mensuy se souleva, et Ulrich reçut tout le corps de Roxane contre sa poitrine. Il gueula, d'angoisse plus que de douleur.

Alors, Ulrich entendit une arme jouer prudemment, lentement. Il la situa sans comprendre derrière son oreille gauche, et se jeta à terre, protégeant Roxane de son corps.

Levant un peu les yeux, il aperçut la tête de Mensuy cherchant d'où venait le bruit, et virant sur son col, mécaniquement, de droite à gauche, comme une marionnette au Guignol du quai Saint-Antoine.

— En face de toi, connard ! lança la voix de Vilejo.

Le coup partit, et Mensuy s'affala de tout son long, dans un immonde nuage de salpêtre. Les hurlements de Roxane semblaient ne jamais devoir s'arrêter.

Janin Lomberg prit sa lampe à dynamo, et se rendit à la grange. Il fit glisser la housse, et l'Opel Capitan apparut, brillante de tous ses chromes.

De jour, il était hors de question de sortir un tel paquebot en pleine ville. La belle américaine demeurait donc une belle de nuit. L'ex-chroniqueur judiciaire du *Progrès de Lyon* lui vouait beaucoup de temps, et c'est pourquoi son puissant moulin tournait comme une montre.

Lomberg sourit en pensant aux virées mémorables où elle l'avait emmené, dans les années 60. Vrai, Marthe était une femme libre, et il lui pardonnait volontiers ses frasques, car lui aussi en avait bien profité.

Puis il revit le petit Ulrich en barboteuse, minuscule lutin serrant son Michka dans ses bras, perdu sur la banquette arrière, large et confortable comme un divan.

Cet être fragile qui le dévisageait de ses grands yeux de velours, qui lui souriait de ses rares quenottes. Janin avait fondu. Il avait pris la mère et l'enfant. La mère fière et fauchée, qui pour rien au monde n'aurait avoué qu'elle mourait de faim, et le petiot, ce trésor qu'il avait chéri tout de suite, mieux peut-être qu'il n'eût aimé son propre fils.

Et voilà que ce bébé devenu un adulte grisonnant l'appelait au secours ! Son cœur se gonfla de bonheur. C'est comme si Marthe lui était rendue dans la foulée.

Janin se dit qu'il y avait sûrement un Dieu, comme l'affirmait Marthe, qui prétendait converser avec lui à longueur de journée. Peut-être que lui aussi, était amoureux de la belle Londaine ...

La Capitan démarra, si finement, que Janin dut tendre l'oreille, qu'il avait un peu dure, à présent. Il sortit de Charly, prit la route de Lyon. Les deux jeunes femmes l'attendraient Place Jutard, au bout du boulevard Gambetta. Elles seraient fluettes et habillées en Gothiques.

Il sourit en pensant à Elodée, qui lui avait transmis les consignes de son père. Un sacré caractère, cette jeune fille ! Tout à fait comme sa grand mère Marthe.

Néanmoins, Lomberg se demanda un instant si Ulrich avait bien mesuré tous les risques encourus. Puis il réfléchit que le commandant Londaine avait peu connu d'échecs cuisants au cours de sa carrière, et que son expérience du métier et des hommes lui valait d'être très considéré.
Cette bonne réputation était parvenue jusqu'à Lyon. Le parquet était assez disposé à son égard, tout comme sa hiérarchie. D'ailleurs, il se disait que le directeur interrégional Tremet avait personnellement intercédé pour la nomination d'Ulrich de Londaine dans la capitale des Gaules.

Les jeunes femmes étaient au rendez-vous. Lorsqu'on admirait leurs silhouettes graciles, leur tournure d'enfant, on avait du mal à imaginer qu'elles étaient des gradées de la police rompues aux missions périlleuses. Et même de fameux éléments de groupes d'élites. Mais lorsqu'elles appliquèrent leurs minces visages contre la vitre avant gauche, grimées à faire peur, avec des épingles à nourrice dans le nez et accrochées aux lobes des oreilles, les cheveux hérissés en crête, Lomberg eut un mouvement de recul. La main fine qui ouvrit la portière s'ornaient d'ongles interminables, laqués de noir.
Les gothiques empruntaient aux animaux sauvages, tout le harnachement d'intimidation du prédateur : œil noir, griffes acérées et poil hérissé ! De quoi effrayer le bourgeois.
De là à terroriser des terroristes... Mais Janin fit taire ses appréhensions : le stratagème marcherait à merveille ! L'illusion serait parfaite : allez reconnaître qui que ce soit, sous cet accoutrement !
Il se répétait en boucle la consigne d'Ulrich : se garer à ras l'entrée de l'hôtel *Saint-Paul*. Le but étant d'empêcher d'entrer ou sortir les

hommes de main de ce fameux Peltier que personne n'avait jamais vu. Agir sans que personne ne comprenne ce qui se passait. Ni effrayer la population. Sans panique ni bavure.

Saturer absolument tout l'hôtel. Epaule contre épaule. On ne devait pas pouvoir glisser une feuille de papier, encore moins un flingue ou une lame, entre deux spectres et un zombie. Bloquer l'ascenseur au dernier étage. Condamner l'entrée des caves et des greniers.

Briefer le service d'ordre : établir des cordons de sécurité qui ressembleraient à des rondes païennes, propices à décourager toutes tentative de poursuite de la part des affreux.

Et puis, mener un tapage d'enfer, tant que les gosses ne seraient pas sortis de leur cachette, une porte dérobée, habilement découpée dans une vénérable verdure en soie lyonnaise, et qui cachait un four à pain désaffecté. Les gosses échangeraient leurs vêtements contre les fripes des deux policières, et le tour pourrait être prêt à se jouer.

Une voiture banalisée de la crim' prendrait livraison des deux jeunes femmes à l'entrée de service de l'hôtel, donnant dans la rue Juiverie. Leur taille d'enfant, leurs pulls et leurs jeans, prêteraient à confusion dans la lumière orangée des réverbères. Aucun doute que les mafieux les prendraient en chasse, pendant qu'un groupe compact de croisés moyenâgeux et de squelettes cliquetant formeraient une garde rapprochés pour les enfants de Volodia Lanarova jusqu'à la Capitan de Lomberg.

Et alors, Janin n'aurait plus qu'à emmener tranquillement les petits au Consulat britannique, rue Chidebert, ce qui serait vite fait, vu qu'il n'était pas très éloigné de la rue de la Lainerie, où s'élevait l'*Hôtel Saint-Paul*.

Le nouveau consul n'était au courant de rien. Mais Janin connaissait fort bien le concierge, avec qui il vidait des pintes, dans un pub borderlouche des quais de Saône.

Une des grandes qualités de ce gentleman étant de ne jamais poser de questions, lorsqu'il s'agissait d'obliger un ami *frenchy* capable tout de même de vider huit bocks d'affilée sans transpirer, sans perdre le fil de la conversation, ni tomber de son tabouret.

Halloween battait son plein, et toute la rue applaudissait. Ça valait largement le Festival de la Danse. Elodée avait rameuté sur le web tous les Gothiques de Lyon et sa couronne, et les ruelles du Vieux Lyon allaient se retrouver pour un temps, contemporaines de Quasimodo.
Une armada d'outre-tombe investissait la chaussée, s'engouffrait dans *l'Hôtel Saint-Paul*. Le concierge, bouche ouverte, son éternelle casquette relevée sur le front, n'avait pas le coeur de se coltiner avec cette nuée de punks, de Frankenstein, de revenants faméliques et d'aliens littéralement inquiétants qui investissaient dans un concert de sauvages, son habituel havre de paix.
Il leva les yeux : au premier, au balcon de la suite Bellecour, il y avait même un cracheur de feu que des nymphes fluorescentes applaudissaient avec frénésie.

— P ... ! Ces jeunes cons vont cramer les tentures ! C'est encore sur moi que ça va retomber !
Il tâcha de prévenir la réception, mais une furie aux yeux bleus, juchée sur des patins vertigineux, lui arracha son portable et l'embrassa sur la bouche. Il tomba assis dans le baquet des orangers en boule.

Tout droit sortie d'un film d'Hitchcock, une Opel Capitan bleu ciel nantie d'ailerons agressifs, fendit la foule comme un beau requin. Une théorie de motos, dans un vacarme à rendre fou, lui faisait escorte. Des guerriers les chevauchaient, et les voiles

scintillants des femmes qui enserraient leur taille volaient comme des nuées maléfiques.
Quelqu'un fit partir des fumigènes. On applaudit à tout rompre. Les vieilles pierres du quartier Saint-Georges sentaient le roussi. Place de la Trinité, on aurait dit que l'Inquisition avait dressé son bûcher devant la Maison du Soleil. Sauf que là, c'était les sorcières qui menaient la danse.
Les contorsions et les chants barbares, sur des rythmes métalliques, reprirent de plus belle.

Un homme en cuir noir, à crête de cheveux blancs, descendit de la limousine. Une bande de diables couleur de suie sauta sur le capot, rebondit sur le tapis rouge, entreprit d'escalader la façade illuminée.
— Vous n'avez pas honte, à votre âge ? s'égosillait le portier en tendant vers Janin un doigt menaçant. Dévergonder ces jeunes ?
— Tu sais que l'uniforme te va bien ? lui susurra la furie aux yeux bleus en lui enfonçant sa casquette sur les yeux. Lui prenant le menton, elle lui appliqua un second baiser brûlant qui le fit vaciller sur ses bases.

Janin Lomberg ralentit avant de tourner sur le Quai Saint-Antoine.
— Mme Gentil ? dit-il dans son portable, on a les gosses, on démarre. Je me demande si on n'est pas repéré... Mais les motards les obligeront à se tenir à distance.
— On vous attend au coin de la rue de l'Ancienne Préfecture. Une Xsara banalisée blanche. On vous suivra à distance.
La voix essoufflée l'étonna.
— Capitaine Gentil, que se passe-t-il ?
— Mais tout va bien ...

Perplexe, Janin stoppa net, et la voiture qui le suivait le doubla dans de grands coups rageurs d'avertisseur.

Il comprit alors avec angoisse que le beau plan d'Ulrich était à l'eau, et se demanda quoi décider : la seule chose à faire était de conduire les petits en lieu sûr. Gagner au plus vite la Presqu'Ile et le Consulat. Il se tourna vers les enfants pour les rassurer. Ils se tenaient la main et regardaient au dehors. Sans surprise ni effroi.

Janin vit une silhouette se détacher de l'ombre mouvante des passants, s'approcher de la portière et se pencher. Un sourire engageant. Lomberg descendit lentement la vitre, considéra la paume ouverte. Comme il se demandait stupidement pourquoi il agissait ainsi, et comment un tel être pouvait faire la manche à cette heure et en ce lieu, le coup qu'il reçut à la tempe, porté proprement et sans éclat, ébranla son crâne comme une cloche métallique, toute givrée de sel.

— Jolène, c'est Karim. le GIPN est sur les lieux. Ils vont descendre en rappel dans la chambre des anglaises. Jolène ? Jolène, tu m'attends ? Qu'est-ce que tu fais ? Les gosses sont à l'abri ? Mais réponds-moi, m ... !

Plus tard, le valeureux concierge du *Saint-Paul* se confia au micro des journalistes du *Progrès* et de *FR3 Lyon*.

— Quand j'y repense, je me dis qu'il devait s'agir d'un groupe d'entarteurs. Ou approchant ... J'ai cru comprendre que pour Halloween, l'année prochaine, ça serait au tour d'un autre hôtel de Lyon. Ben y' a pas de raison ! Il semble que ce soit comme qui dirait une sorte d'intronisation, voyez-vous...

« Ils étaient partout, en haut, en bas, dans les cuisines, l'escalier, l'ascenseur, vous auriez vu ça ! Il y en avait qui se shootaient dans les toilettes ! Des gones, surtout, mais aussi des vieux ! Et des types avec de vrais flingues ! J'ai même vu des gosses : deux ! Ou bien quatre ... Je ne me rappelle plus bien ... Vous vous rendez compte, au lieu d'être dans leur lit, à cette heure ! »

« Ils se sont engouffrés dans la grosse bagnole à quinze au moins, vous ne l'auriez pas cru ! Avec des motos qui les suivaient dans un vacarme ! Et dire qu'il y a marqué *Hôtel Calme*, sur la porte ! Vous parlez d'une publicité ! »

« C'était un papy, qui menait le bal ! Mais le pire, c'est quand ceux déguisés en flics ont débarqué ! A moins que c'en soit des vrais ! Allez savoir ... De nos jours, à qui se fier ? »

13

— Où est Dédée ?

Ces trois mots furent les seuls prononcés par Roxane, au long de la route de Charbonnières à Lyon. Puis elle se mit à sangloter et ne cessa plus.

— Dédée est à la maison. Elle va bien.

Il mentait encore, il s'enferrait. Son idée géniale avait dû foirer.

« *Je deviens vieux ... Je deviens con ...* » se disait-il, sur l'air des *Bourgeois* de Brel.

— Roxane ...

Ulrich ne savait que plaider : son inconséquence, sa faiblesse d'homme à l'aube de l'âge mûr, la lassitude de la vie.

— Tu as mal ? demandait-il à voix basse.

Elle secouait négativement la tête, en reniflant, puis elle faisait « oui » du menton, et les mèches de sa crinière blonde en bataille venaient se coller à ses joues mouillées. Elle souffrait d'hématomes aux poignets et aux bras, d'écorchures aux jambes. Elle souffrait surtout d'une atroce peur rétrospective.

Ç'aurait pu être pire. Ulrich en tremblait tout entier. Il songea sérieusement à donner sa démission. Il avait passé les bornes. Il n'avait pas encore osé raconter à Roxane comme Dédée s'était trouvé mêlée à une prise d'otages par la mafia russe ...

Il ne savait pas, d'ailleurs, où il pourrait trouver les mots. Il ne savait pas non plus où trouver sa fille ...

La migraine lui serrait les tempes dans un étau. Dédée ne répondait pas. Janin ne répondait pas. Jolène ne répondait pas. Ni Drahaye, ni Sathi, pas plus que Lazarus ou Bassanian à la boîte. Seulement le standardiste, qui expliquait qu'aucun des enquêteurs de la brigade n'était dans les murs, et que le lieutenant Bassanian avait quitté le poste sans plus d'explication.

— Très bien, passez-moi un des stagiaires ... commanda Londaine, la gorge serrée.

Un médecin de Charbonnières leur avait administré des calmants. Il faudrait que Roxane voie un psychologue. Lorsque par mégarde, Vilejo prononça le nom de Mensuy, elle se mit à pleurer bruyamment, le visage dans les mains.

Une mauvaise idée s'insinua dans l'esprit de Londaine. Roxane et Mensuy, alias Sandro Caserna ... Il se flagella mentalement pour sa goujaterie. Mais quand même ...

Son épaule rafistolée lui laissait quelque répit, pour le moment. Les calmants « l'ensuquaient », comme on disait à Lyon. Dans le rétroviseur, il croisait de temps à autre les yeux inquiets de Vilejo.

— Il faut essayer d'oublier, à présent, ma chérie.

Les gendarmes étaient venus faire les constatations, matérialiser l'aire du drame. L'histoire leur semblait compliquée. Elle l'était. Le « *Gatto* » serait prévenu. Les bœufs carottes allaient chercher des poux dans la tête de Vilejo. Londaine expliquerait comment il leur avait sauvé la vie, à Roxane et à lui.

Lorsque l'ambulance des pompiers emporta le corps de Mensuy, Roxane enfouit son visage contre la poitrine d'Ulrich. Il la serra contre lui, très fort. Il se demanda en respirant le parfum de ses cheveux s'il l'aimait encore. Oui, évidemment. Mais avant, la question l'aurait-elle seulement effleuré ?

Dans l'ombre de la voiture, Ulrich posait sa main sur le genou de Roxane, elle le repoussait machinalement. Vilejo avait mis en sourdine un CD de Paul Anka, qui sembla adoucir les mœurs. Le lieutenant fumait un cigarillo sans demander la permission, soufflait la fumée par la vitre entr'ouverte sur la fraîcheur de l'ombre. Roxane s'endormit, la poitrine soulevée de gros soupirs.
Les yeux perdus sur la nuit qui défilait, toute trouée de lumières disparates, Londaine voyait le visage de Volodia, ou plutôt son reflet dans la vitre teintée, comme s'il se fut agi d'un poste de télévision. Des larmes coulaient de ses paupières sobrement frottées de bleu. Sa bouche se gonflait de chagrin.
Il était vingt-et-une heures, et Ulrich ne serait pas au rendez-vous. Les tueurs, si.
Roxane lui tourna le dos en soupirant, sa nouvelle tête blonde roula sur son bras étendu contre la lunette arrière.
Pourquoi les femmes de sa vie pleuraient-elles, au lieu de rire aux éclats ? C'est donc si triste, un flic ? Comme les clowns ?
Et Dédée, sa fragile petite fleur des chemins déguisée en diablesse... Où était-elle passée ? Impossible de se renseigner avant d'avoir déposé Roxane à Perrache, selon son souhait. Roxane retournait chez sa mère, en Avignon.

Le portable de Londaine crachota. Le standard lui passa un futur policier spécialisé dans la recherche informatique, en stage dans la maison. Il cherchait ses mots, et paniqua franchement, lorsque le commandant lui demanda pourquoi aucun des hommes de la brigade ne se trouvait dans les murs.
— La capitaine ...
— Quoi, la capitaine ...

— On l'a enlevée ... Et votre beau-père ... Enfin, je crois que c'est votre beau-père, le ...

Londaine bondit sur son siège, Roxane gémit, Vilejo fit un écart.

— Il est arrivé quelque chose ? demanda le commandant entre ses dents.

— On n'en sait rien. Il a disparu lui aussi ...

Ulrich baissa encore d'un ton :

— Ma fille ...

— Je ne sais pas, monsieur ...

— Et les ... enfants ...

— Disparus ... avec votre beau-père ...

— Pourquoi ne m'ont-ils pas prévenu ...

— C'est-à-dire que ... Ils ne savaient pas où vous étiez. Votre portable ne répondait pas ...

L'appareil avait échappé à son propriétaire, lorsque Londaine avait plongé dans l'herbe pour se garantir des balles de Mensuy. Il l'avait récupéré un peu plus tard.

— Le commandant Lazare, du GIPN, interroge les dames anglaises, disait le stagiaire. Les hommes cherchent sur le parcours entre *l'hôtel Saint-Paul* et le Consulat d'Angleterre... Mais on n'a retrouvé ni la voiture du capitaine Gentil, ni celle de M. Lomberg, et pourtant ... Elle se voit de loin ...

— Merci, j'arrive ... parvint à murmurer Londaine.

Ulrich essuya d'un revers de main las, les gouttes de sueur qui perlaient à sa moustache naissante. Il se pencha, serra l'épaule de Vilejo :

— On est dans la m ... jusqu'au cou, lui souffla-t-il à l'oreille. Fonce ...

A Perrache, ils se quittèrent sur quelques mots débités laconiquement par Roxane. — C'est bien que Dédée soit chez Janin. Maman sera contente de me voir. J'ai besoin de prendre du recul. Peut-être qu'après tout, Lyon ne me convient pas. Je t'appelle.
Ulrich hochait la tête, serrait les dents, pour ne pas prendre sa femme contre lui et tout lui avouer à travers ses larmes. Roxane se méprit sur ses yeux humides.
 — Ça ira mieux dans quelques temps.
Elle effleura sa joue râpeuse, et entra dans le TGV sans plus un regard vers le quai.

 — Tu as une voiture, Londaine ? Tu peux m'emmener ?
Ulrich ne releva pas le tutoiement.
 — Qu'est-ce que vous fichez là ? Vous me surveillez maintenant ?
 —. Mais moi aussi, j'ai une femme, commandant ! Une femme qui rend de temps à autre visite à sa mère, dans le Nord. C'est permis, non ?
Londaine sentit une nausée de fatigue monter de son estomac à sa gorge, et Redeven dut à ce malaise de ne pas recevoir un direct au menton.
Londaine serra les poings. Il imaginait très bien que Redeven le surveillait. Depuis quand ? Certainement, il savait, pour Volodia et Londaine. Il savait pour tout.
Le capitaine de la brigade des mœurs aperçut Vilejo qui attendait, assis sur le capot :
 — Laisse, petit, tiens, voilà pour ton métro. Je reconduirai le commandant à la boîte.
- Non, dit Londaine, Franck Vilejo vient avec nous.

— Vraiment, on peut parler devant lui ?

Toujours cet accent de dérision qui accompagnait le moindre de ses mots. Redeven désignait Vilejo qui les emmenait rue Marius Berliet, et sifflotait entre ses dents, ce qui n'était pas bon signe.

— Vous me suivez depuis quand ?

— J'ai pu apprécier de loin le travail de ta brigade, à Saint-Paul. Pas mal, la descente des Gothiques ... Tu ne recules devant aucun risque.

— Vous n'avez rien d'autre à foutre ?

— Mais Peltier m'intéresse autant que toi, et bien que Lazare et ses cow-boys du GIPN soient parvenus à coincer une partie de sa garde rapprochée, le caïd est toujours dans la nature. Avec ta petite capitaine ...

Du coin de l'œil, le Belge saisit fort bien le sursaut de Londaine. Il tira une topette de sa veste, et s'appliqua une longue rasade.

— Tu en veux ? C'est russe, ça aussi. Ca descend comme de l'eau ... Non ? Ah ! Bon ... Tu ne savais pas, pour la petite Jolène ? Il est vrai qu'on ne peut être au four et au moulin. Kylian Lazare te cherche partout. Il a reçu un appel de Peltier qui a eu le bon goût de revendiquer l'enlèvement de Mme Gentil. Ca évitera à la Crim' de se perdre en conjectures. Alors, tu es tout de même content de me voir à présent ! Heureusement que ce bon vieux pirate de Redeven veille, n'est-ce pas ?

— Si j'ai tout compris, la caïd des caïds est dans votre collimateur depuis un bail ... Vous connaissez bien ses petites habitudes et ses bataillons de call-girls grand luxe ! Pourquoi ne l'avez-vous pas encore serré ? ...

S'il avait le cœur à ça, Londaine eût éprouvé la satisfaction de voir les mâchoires du capitaine se contracter de dépit.

— Tu t'égares, Londaine. S'il n'est pas encore sous les verrous, c'est parce que Nemat, un idéaliste comme toi, voulait s'en occuper personnellement ! Un vrai Chevalier Blanc ! Tu veux que je te fasse un dessin ? Je te rappelle que Gentil est aux mains de ce dingue, et que les types de la race de Peltier font peu de cas de la vie d'un flic. Chez eux, on peut en acheter pour rien.
Il se pencha vers le commandant, qui sentit avec dégoût son souffle contre son oreille.
— Volodia ne t'a pas encore appelé ? Pour te remercier d'avoir pris soin de ses mômes ? Une sacrée bonne femme, hein ? A propos, où sont-ils passés, les mômes ? On dirait que ton plan d'enfer a foiré ? Mais aussi, quelle idée d'aller rameuter la crèche et la maison de retraite ! On est à Lyon, mon vieux, ici, pas au Club Med de Palavas-les-Flots !
Il rota discrètement.
— Je dirais plutôt : une sacrée affaire, Volodia, pas vrai ?
Ce belge fouineur cherchait les coups. Que voulait-il, au juste ?

— Vilejo, tu peux aller un peu plus vite ?
— Tiens ! reprit Redeven. En une semaine, on en est déjà à la familiarité ?
— Qu'est-ce que vous voulez, au juste ? Si vous ne m'êtes d'aucune utilité pour récupérer ma coéquipière et les enfants Lanarov, foutez-le camp !
— Tu ne me balancerais pas en marche, tout de même ! Du calme, Londaine. Je te l'ai dit, je veux Peltier. Tout comme toi.
— Vous aurez remarqué que je ne l'ai pas sur moi ...
— Il va sûrement te contacter. Il voudra négocier. Appelle-moi, j'ai l'habitude.
— Et qu'avez-vous à proposer ?

— C'est à toi de me le dire ... Pour te faire plaisir, je pourrais appuyer le dossier des roumaines enfin, je veux dire ... des russes, auprès de la belle Lamour, et même du procureur général, si tu préfères ...

— Pourquoi ne pas l'avoir fait avant ? Ça aurait peut-être sauvé une vie ou deux ?

— Dieu seul le sait. J'y mets plus de temps que toi, mais ... Je commets moins d'erreurs ... A Peltier, je peux peut-être arranger une sortie de territoire coulos par zingue privé tout confort, en échange de la petite Gentil. Je suis sûr que Kylian Lazare m'approuvera.

— Vraiment ! Vous croyez qu'on vous laissera faire ça ?

— Un pruneau bien placé quand il posera le pied sur la passerelle, et le tour est joué : règlement de compte. Classique.

— Vous êtes encore plus naïf que je ne le suis ...

— L'opinion publique se fiche pas mal d'un caïd, comme du sort d'un petit flic, ou d'une petite fliquette, d'ailleurs. C'est pourquoi je te propose mon aide, commandant. Mais si tu as prévu autre chose, libre à toi ... Au fait ... J'ai entraperçu Volodia, cet après-midi, pendant que tu volais au secours de Mme Londaine. Je pensais qu'elle me conduirait à son julot. Folle d'angoisse pour ses lardons, l'Ukrainienne. Aucun doute qu'elle va te vouer une reconnaissance éternelle... Si tu les retrouves. T'es pas dans la purée, commandant Londaine.

Ulrich se tourna vivement vers le capitaine des mœurs. Sa voix sirupeuse, ses insinuations lui donnaient l'irrésistible envie de lui écraser le nez.

« Ainsi, Volodia lui avait menti. Elle était à Lyon pendant qu'il courait à Charbonnières. Elle l'avait manipulé pour arriver à ses

fins. Redeven était aussi son amant. Mensuy ne s'était certainement pas vanté. Qui encore ? »
Et comme si Redeven suivait sa pensée :
— Tu sais que je me suis demandé un moment si cette diablesse ne se tapait pas Debard et le « *Gatto* ». Peut-être le Préfet aussi. Et pourquoi pas un ministre en exercice ... Elle est assez belle et futée pour ça.

Ils finirent le trajet sans un mot. Devant le 40, Redeven s'accouda à la portière :
— Elle va sûrement t'appeler. Peltier aussi. Peut-être est-elle avec lui ... Ne fais pas de conneries, Londaine. Ça ne vaut pas le coup de tout casser.
— Inutile que je vous avertisse, si j'ai des nouvelles, capitaine Redeven. Je pense que vous avez tout prévu. Même votre promotion au grade de commandant.
Redeven siffla comme un serpent. Une mèche de cheveux cachait à demi ses yeux brillants de rage :
— Tu me prends pour un salaud, hein ? Eh bien, je vais te dire, les tableaux ne m'intéressent pas. Tu peux de faire une retraite dorée tout à ton aise, personne n'en saura rien. Je fais mon boulot, c'est tout ! Occasionnellement, je profite de la vie, c'est défendu ? Allez, salut, amusez-vous bien. Je crois que Lazare vous a livrés du bétail ...
Et il s'éloigna lentement, les mains dans les poches de sa veste de costume.
Londaine essaya encore, en vain, d'appeler Elodée sur son portable, tenta l'appareil fixe de la maison de Bron. La sonnerie lancinait dans le vide. C'était intolérable.

— Il faudrait interroger les petits copains de votre fille, commandant. Mais ça va être coton. Après le Saint-Paul, ils se sont tous évaporés dans la nature, enfin, je veux dire, dans la ville.

— Si vous voulez, on peut écumer les boîtes branchées médiéval de Lyon... proposait Lazarus.

— Je ne crois pas que ça serve à grand chose. Quand je l'appelle, ma fille répond toujours. Elle sait que je m'inquiète, tout comme sa mère, d'ailleurs.

Il pensa que Roxane avait sans doute essayé de joindre Dédée chez Janin, et imagina son angoisse, lorsque ni l'un ni l'autre, ne répondraient.

Puis l'idée se fit, dans l'esprit d'Ulrich, que la petite était avec Janin, quel que fût son sort. Ces deux-là s'appréciaient déjà lorsque Dédée était enfant, et son caractère aussi trempé que celui de Marthe Londaine n'était pas pour déplaire à l'ancien journaliste.

Dédée n'aurait jamais laissé Janin seul avec les enfants, et malgré la consigne d'Ulrich, de rentrer à la maison une fois sa mission accomplie au Saint-Paul, sans plus se soucier de la suite, sûr qu'elle avait tout mis en œuvre pour rejoindre Lomberg.

Il lui vint une idée.

— Vilejo, vous pouvez m'emmener chez moi ? On ne sera pas long. Commencez sans nous l'interrogatoire des affreux ... A propos, pourquoi Jolène était-elle seule ?

Les hommes de la brigade baissèrent le nez.

— Pardon, dit Londaine, je suis un con.

Ulrich trouva la maison de Bron si déserte qu'il se laissa tomber sur le canapé, anéanti. Son épaule lui faisait un mal de chien. Il avait vaguement espéré trouver Dédée attablée devant un soda et un hamburger dégoulinant.

— Il faut vous reposer, patron. On va essayer d'appeler le portable de votre fille sans arrêt. Même chose pour Mme Lanarova. On ira aussi rue du major Martin. Ca va sûrement s'arranger. Tout est prêt pour essayer de loger Peltier. Il va rappeler ... La brigade d'intervention est sur les dents, et le directeur adjoint a joint le *Gatto* à Paris, dans le cas d'une demande de rançon.

Londaine écoutait à peine, cherchait dans le répertoire le numéro de la fameuse copine si bon genre habitant le quartier des Brotteaux. Il trouva une certaine Brunehaut, rue Molière.
Par bonheur, elle était à la maison, et oui, elle avait bien participé à la descente au *Saint-Paul*. Même que tous, grâce à Ramifor, enfin ... grâce à Elodée, s'étaient « vachement éclatés ». Oui, en fin d'après-midi, Elodée était bien avec elle. Mais ensuite, elles avaient été séparées. A quel niveau ? Sur le quai Saint-Antoine, lorsque Elodée avait vu s'arrêter la vieille caisse de son grand père. Elle avait couru vers lui, juste au moment où une espèce d'échalas s'était penché à la portière de l'Opel Capitan.
Quel genre d'échalas ? Le genre maigre, mal fagoté, assexué, pas sympathique. Un échalas, quoi. Et la nuit, tous les échalas sont gris. Quelle heure il était ? Vingt heures, peut-être ... Un peu moins, un peu plus.
Après ? Tout un groupe de citrouilles bavantes lui avait caché la scène, et ensuite, pffrrt ! la bagnole américaine n'était plus là ... Elodée non plus d'ailleurs. Elle avait dû rentrer avec son grand père. Dommage. La nuit promettait d'être super flippante ! Il y avait un problème ?

L'interrogatoire des kidnappeurs des deux anglaises ne donna rien de décisif. Ils répétaient la même rengaine, se présentaient

comme des sous-traitants. Ils s'exprimaient en mêlant russe, français et anglais, affirmaient qu'ils avaient reçu le contrat par la poste, et qu'ils bossaient en free lance. Qu'ils prenaient donc leurs ordres de commanditaires dont ils ignoraient tout.
Ils ne connaissaient absolument pas le Peltier dont il était question, et des enfants, au *Saint-Paul*, à la nuit tombée, il y en avait de toutes sortes, déguisés comme des païens. Mais assez grands pour sortir sans leurs nounous.
Ils assurèrent séparément, puis en chœur, que la « prise d'otages » des anglaises, ce qui, à leurs yeux, paraissait une bien grande formule, était leur première et dernière expérience du genre.
Londaine se jeta sur l'un d'eux, lui fit une clé au cou et le leva de sa chaise, de son seul bras valide :

— Je ne te parle pas du five o'clock tea, mon gros ! Je te parle de kidnapping d'enfants ! Des gamins de douze ans ! Outre que ça va chercher loin, je ne te raconte pas le régime spécial en zonzon.
L'autre pinça la bouche, cracha en russe quelque chose qui devait être une insulte particulièrement venimeuse.

— Peltier est encore puissant. Ils ne diront rien, quitte à ce qu'on les retrouve suicidés par pendaison aux dossiers de leur chaise en cellule, grinçait Lazarus. Il ne reste plus qu'à attendre...

« *Attendre ...* »

Londaine tournait comme un ours en cage, Jules Bassanian refusait du couscous hors pair confectionné par la grand-mère de Karim Sathi, ce qui montrait une sévère baisse de moral.
Londaine appela la cellule technique, où tout était prêt pour localiser Peltier. Des écoutes judiciaires avaient été posées au *Centaurus* de Perrache, et notamment dans les appartements de la

délégation russe, au grand dam de la plantureuse Mme Gratoviska qui geignait que de sa vie, elle n'avait subi pareille humiliation. Idem au Pharaon et au *Dragon Rouge*, et d'une manière générale, tous lieux que pourraient hanter le mafieux ou ses sbires.

Londaine appela Drahaye, qui collaborait avec les deux fonctionnaires en charge des écoutes.
— Peltier n'a pas rappelé, commandant ...
C'était inquiétant, et incompréhensible
— Mais le logiciel de vieillissement arrive à la même conclusion que vous : c'est bien Cyril Parinov ... Avec le Bureau des Liaisons, on va tâcher de remonter jusqu'à sa jeunesse, pour tenter de le loger avant qu'il file en Ukraine ou ailleurs.
— C'est du bon travail, lieutenant.
— Mais pourquoi je ne l'ai pas accompagnée, Jolène, lorsqu'elle a suivi la voiture de votre beau-père ...
— Ne te fais aucun reproche. Jolène a du métier. Elle connait ses limites.
— Mais elle ne sait pas où sont les tableaux ! Lorsque Peltier s'en apercevra ...
— Écoute, Antoine. Je pense que Peltier n'a pas enlevé que Jolène. Tu me dis qu'elle suivait la Capitan de Janin Lomberg. Il y a gros à parier que Peltier tient aussi mon beau-père et les mômes. Et Dédée ... ma fille ...

Peltier avait parfaitement placé ses pions, préparé son piège, et Londaine était tombé dedans comme un bleu. En favorisant le départ des enfants du *Saint-Paul*, il lui avait servi la soupe. Peltier n'attendait que ça. Posté à un endroit stratégique, sur le chemin reliant *l'hôtel Saint-Paul* dans le 5e au Consulat britannique, rue

Childebert, il avait fait d'une pierre deux coups : récupérer ses enfants, et apprendre par le capitaine Gentil où étaient les tableaux. Le problème, comme le disait Antoine Drahaye, c'est que Jolène l'ignorait ...
    — Il ne prendra pas le risque de supprimer tout le monde, Drahaye ! lança Londaine, loin d'en être persuadé.
« Ou alors, c'est Londaine, que Peltier voulait ... En enlevant tout son petit monde, il le prouvait assez ... Il voulait se débarrasser de Londaine, comme de Nemat avant lui ... Londaine, l'amant de Volodia, comme les autres ... »

    Ils s'étaient regroupés dans le bureau de la capitaine, comme pour se tenir chaud et conjurer le mauvais sort. Ca cogitait ferme :
    — Pourquoi Peltier a-t-il enlevé Jolène ?
    — Parce qu'il pensait qu'elle savait où étaient les tableaux ...
    — Mais elle ne le sait pas ... murmurait Turini.
    — Pourquoi ne revendique-t-il pas le kidnapping des enfants ?
    — Parce qu'il les a ...
    — Ou parce qu'il ne les a pas ...

« Ou parce qu'il ne les a pas ... »

    — Volodia a appelé ?
    — Non, patron ...
Et Ulrich restait là, tout bête. Et c'était de la compassion, qu'il lisait dans les yeux des hommes. Il les regardait tour à tour, et ces garçons dont il ignorait l'existence quelques jours auparavant, il avait à présent l'impression de les connaître depuis toujours.
    — Franck, on va rue du Major Martin, dit-il à Vilejo.

Vingt-deux heures trente. Avec beaucoup de chance, Volodia l'attendait au bar le plus proche en pestant contre l'inconséquence des hommes. Il composa son numéro, entendit le message de la boîte vocale.

— C'est Ulrich, dit-il en baissant le ton par pudeur, à cause de Vilejo qui faisait comme s'il n'entendait pas. Appelle-moi, c'est important, il faut qu'on parle.

Kylian Lazare, le commandant du GIPN, répondit tout de suite à l'appel de Londaine.

— Je vous remercie, commandant Lazare, pour votre intervention. Grâce à vous, nos anglaises sont saines et sauves. J'espère ne pas vous causer d'ennui diplomatique avec le Consulat britannique.

— Nous avons promis à ces ladies qu'il ne serait pas question des enfants, ni de leurs petite équipée au *Lambet's walk,* devant leurs conjoints qui débarquent demain à Satolas... Il est dommage qu'elles n'aient rien pu nous apprendre sur Peltier, ni rien saisi d'utilisable dans les conversations ou l'attitude de leurs gardiens. Quant aux enfants, elles assurent qu'ils sont demeurés muets pendant tout le temps passé en leur compagnie.

— Mon idée de mêler les jeunes à cette affaire n'était pas des plus judicieuses. Je me suis fait manipuler. Je crains que la capitaine Gentil ne soit pas la seule otage de Peltier. Je pense qu'il tiens aussi les enfants de Mme Lanarova, ma fille et mon beau-père.

— Le problème avec ces nouveaux caïds de l'Est, c'est qu'ils prélèvent de vrais armées. Et ils placent leurs pions comme on joue aux échecs. C'est l'effectif, qui vous manque, commandant. Avez-vous déjà essayé de jouer aux échecs avec seulement cinq ou six pièces ...

— Merci pour votre sollicitude ... Mais pourquoi n'appelle-t-il pas ...

— Pour tout vous dire, ça m'inquiète aussi, Londaine. Mais on ne peut qu'attendre.

— Il est malin, on ne sait rien de lui pour l'instant, hormis qu'il est l'enfant adoptif du mathématicien ukrainien Lanarov. On n'a même pas idée de l'endroit où il peu vivre. Il doit utiliser plusieurs identités. Les hommes de main que vous nous avez livrés pour interrogatoire sont des mercenaires. Ils ne parleront pas, ou alors, réellement, ils ne connaissent pas suffisamment Peltier. Le seul qui aurait pu nous en dire plus, son bras droit, est mort...

— J'ai appris ça ... Peut-être Peltier a-t-il enlevé Jolène Gentil en représailles ?

— Je ne pense pas. Mensuy voulait le doubler.

— Comment ça ?

— Peltier veut la même chose que Mensuy : des tableaux ... Il y en aurait pour une fortune. J'ai un autre souci : Redeven est partisan des méthodes expéditives. Je le soupçonne de vouloir faire cavalier seul, et d'essayer de bluffer Peltier en lui faisant miroiter l'impunité. Quand il l'aura compris, Peltier liquidera aussitôt Jolène Gentil.

— Je ferai en sorte que le Belge n'obtienne pas les moyens de son stratagème. Il est à souhaiter que votre capitaine parle : Peltier aura ses tableaux et ne gagnera rien à quitter le territoire en ayant fait des victimes ...

— Gentil ne sait rien des tableaux. J'ai eu ces renseignements alors qu'elle était au *Saint-Paul* et n'a pas eu le temps d'être avertie de leur cachette.

— Ça, c'est embêtant... Mais vous ... vous le savez, où sont ces tableaux ?
— Je crois bien que oui ...
— Alors, on devrait avoir des nouvelles du caïd sous peu.

14

— Patron, on dirait qu'il y a une caisse qui nous suit. Deux types à bord. On les sème ?
— Il faut voir ce qu'ils veulent... Promène-les un peu.

Encore et toujours la messagerie de Volodia.
Puis l'atroce réalité lui vrilla l'esprit : Volodia s'était fait la paire avec Peltier en emmenant ses lardons. Elle voyait s'afficher le prénom de Londaine sur l'écran de son petit téléphone mauve, elle ne répondait pas, se tournait vers le mafieux, et l'embrassait sur la bouche. Les minots dormaient à l'arrière. Une fois récupérés les tableaux, ils rouleraient vers la Suisse avec les faux papiers d'une vraie petite famille unie.
Jolène, Janin et Dédée avaient été balancés dans un fossé depuis la voiture. Ou dans le meilleur des cas, gisaient inanimés Dieu savait où.

Les amants terribles avaient tout combiné. Le commandant Julien Nemat n'était pas parvenu jusqu'au bout de son investigation, ils se fichait pas mal des tableaux, il voulait partir avec Volodia. Et ils l'avaient supprimé, parce qu'il en savait trop. Mais Il fallait tout recommencer avec le nouveau gérant de la Crim', et Volodia avait séduit Londaine.
S'il était encore en vie, c'est parce qu'il aimait moins la belle Ukrainienne que son prédécesseur.
Cette pensée lui déchira le cœur.

« Part à trois »
Londaine pensait à Roxane, Roxane lovée contre lui, Roxane pleurant sur Mensuy. Puis la tête longue du tueur, son rire éraillé :
« Part à trois ... »

Mensuy, Peltier, Volodia. Ils avaient monté leur coup avec une fourberie de vieux routards. Mensuy mort, les tableaux en sécurité, le mafieux et sa belle quitteraient le pays avec les mômes, délivrés d'un dernier témoin embêtant.

Les deux enfants de Tchernobyl avaient grandi. Ils étaient devenus des révoltés qui décidaient de se foutre du monde comme il s'était foutu d'eux.
Mais Théophane et Klementina ne vivraient pas dans un monde empoisonné, un monde fantôme, un monde de pestiférés parqués loin de la vie qui continuait sans eux.
Leurs parents vendraient les toiles contaminées, empocheraient du fric qui n'avait ni odeur, ni radiations, et s'envoleraient vivre heureux le reste de leur âge vers des atolls pour les riches où il n'est pas question d'essais nucléaires.
Vingt-trois-heures quarante-cinq.
« Part à trois »
Peltier allait appeler.
La réalité serait donc si cruelle ? S'il posait la question à son amour, Volodia pencherait la tête, le contemplant de ses jolis yeux tristes pleins de larmes :
— A un point dont tu n'as pas idée ! Si tu avais vu ces femmes s'en aller sans se retourner, mortes vivantes, laissant tout derrière elles. Ces jolies filles enceintes sommées d'avorter. Les hommes de leur vie décontaminant le site sans même un masque, avec

seulement une paire de gants. Ces arbres têtus qui voulaient fleurir encore, l'herbe amère secouée par le vent meurtrier, et qui n'enivrerait plus qu'en souvenir, ces bêtes courageuses abandonnées à elles-mêmes qui allaitaient leurs petits jusqu'à la mort, toutes ces innocences assassinées qui n'avaient rien fait que se perpétuer, pour que la terre soit plus belle. Et moi, regarde-moi ! J'ai l'air saine comme ça, mais si tu t'approches ...

— Rien. Aucun message. Pourquoi ne m'appelles-tu pas, Volodia chérie ? Mais que je suis bête ! Puisque tu es là, à côté de moi ! Est-ce que c'est vrai ce que disait Mensuy ? C'est toi qui tapait le plus fort sur la tête de Nemat ? Je ne peux pas le croire...
— Alors, ne le crois pas ... Viens ...

La voix mélodieuse de Volodia chuchotait à son oreille des mots auxquels il ne comprenait rien. Il s'en moquait, tout son corps exultait.
Les mêmes mots, peut-être des insultes, pourquoi pas, elle les lançait la bouche pleine d'épingles neige, drapée dans une serviette et les bras levés, belle comme un tanagra, depuis la salle de bains de ce petit hôtel de le rue Mercière.
Leur première nuit.
— Attention, lui criait-il, tu vas t'étrangler, crache ces épingles !

Il entendait couler l'eau, tinter des objets, puis Volodia réapparaissait, mince tel un roseau dans sa robe verte. Elle relevait ses cheveux, lui présentait son dos pâle :
— Tu peux m'aider à fermer ma robe ?
Elle tapait du pied :

— Fais attention, tu me pinces la peau, en arrivant en haut ! Tous les hommes font ça !

Londaine embrassait la nuque tentante, à goût d'ambre. Il observait la jeune femme à la dérobée, dans le miroir. Col ployé, la moue boudeuse, Volodia contemplait la moquette.

— Aimes-tu les enfants ? ... reprenait-elle d'une voix basse, un peu rouillée

Là, ses iris clairs devenaient bleu foncé, un très court instant. Elle respirait plus vite, comme dès lors qu'elle était contrariée.

— Je n'ai guère le temps d'y penser. Pourquoi cette question ?

Elle haussait les épaules :

— Est-ce que toutes les femmes ne la posent pas aux hommes qui leur plaisent ? Ecoute, je dois te dire que j'ai un amant, euh... notoire. On peut dire ça ? Il pense que je lui appartiens ! Il est très jaloux. Il ne me pardonnerait pas d'octroyer mes faveurs à d'autres que lui. Je parie qu'il emploie des détectives, des hommes de main. Qu'est-ce que tu en penses ?

— Ce que je pense de quoi ? Et comment s'appelle-t-il cet amant jaloux, et qui a bien raison de l'être ?

Il riait, elle se retournait, sourcils et nez froncés :

— Laisse tomber ! Vous, les hommes, vous êtes tous les mêmes ! Et puis, je ne veux pas d'un chignon, ça me fait penser à ta femme. Elle n'est pas mal, ta femme, tu es jaloux, toi?

Volodia laissait retomber ses cheveux, passait sur son nez, ses pommettes kalmoukes et le lobe de ses oreilles transparentes, une énorme houppette de soie.

Ses joues rosissaient, plus de fièvre que de fard :

— Si ça ne te fait rien, j'aimerais rentrer. Je suis lasse.

Ils s'embrassaient encore longuement.

— Je t'accompagne chez toi, Volodia.

— Je te remercie, mais je n'ai même pas un verre à te proposer. La maison est sens dessus dessous. Et puis, à minuit, ma peau va se détacher de mon corps, et je vais pourrir peu à peu, sous tes yeux ... Tu ne voudrais pas assister à ce spectacle ?
Et en effet, il entendait sonner les heures, et alors, Volodia se liquéfiait, se répandait sur le sol en un magma nauséabond. Sa voix lui parvenait lointaine, étonnement masculine.

— Patron, qu'est-ce qu'on fait ?
Il s'éveilla en sursaut, essuya son front trempé. Dans la tête, un leitmotiv :
« *On s'est trompés. On a raté quelque chose, quelqu'un ...* »
— Je crois que j'ai un peu dormi... Ils sont toujours derrière ?
— Non, ils ont pris l'axe Nord-Sud quand on a traversé le Pont sur le Rhône.
— Tu pourrais passer au *Centaurus* de Perrache avant d'aller rue Major Martin ?

« *Volodia ... Réponds ... Où es-tu ?* »
Il descendit de la voiture entre veille et sommeil. Plus certain de rien. Dégoûté de tout. A la réception, il demanda Mme Gratoviska.
— Désolé, monsieur. Mais nos hôtes russes sont partis pour les Alpes, ce matin. Ils seront de retour lundi dans la journée. Quoiqu'il me semble bien que Melle Amasimova, la secrétaire particulière de Mme Gratoviska, était encore dans nos murs cet après-midi. La fonction n'est pas de tout repos ! ajouta l'employé dans un sourire. Voulez-vous que je la fasse chercher ?
— Ce ne sera pas nécessaire, je vais monter dans sa chambre ...
— Mais monsieur ...

Londaine tira sa carte de police, s'enquit du numéro et du pass, que le réceptionniste lui donna à contrecœur.
— Vous avez une photo ?
— Où est Melle Amasimova ?
Le concierge désigna une femme mince aux cheveux gris, au second rang des personnalités.
— Vous permettez qu'on vous l'emprunte ?

Londaine appela Vilejo et lui remit le cliché.
— Porte ça à la boîte, et dis à Drahaye de se rencarder auprès du Bureau de liaison sur l'ardoise d'une certaine Natacha Amasimova que voici.
Vilejo leva le nez vers les étages :
— Mais s'il y a du binz, patron ? Vous ne croyez pas que vous avez votre taf pour cette nuit ?
— Ne t'inquiète pas, je serais étonné que l'oiseau soit au nid ... Je rentrerai en taxi. Appelle-moi dès que tu auras quelque chose, ou si Volodia cherchait à me joindre.

La chambre était déserte et bien rangée. Comme Londaine le prévoyait, la zélée secrétaire avait mis les voiles.
Qui était-elle ? Avait-elle, comme le commandant n'était pas loin de le croire, assassiné le faux Vladimir Sorosko ? Pour les tableaux ? Encore et toujours les tableaux ...
Natacha Amasimova savait que les tableaux se trouvaient quelque part en France. Elle voulait les récupérer et se débarrasser par la même occasion de leur légitime propriétaire, Viktor Masseïov.

Pourquoi n'avoir pas poussé plus loin l'investigation ? Londaine s'en voulait de n'avoir pas approfondi l'identité de cette seconde femme sur la photo prise à Tchernobyl. Qui était-elle par rapport aux autres ? Il faudrait attendre le communiqué des services internationaux. Et sans doute, aurait-on ainsi la réponse à nombre de questions. S'il n'était pas trop tard ...

Natacha Amasimova s'était embauchée comme secrétaire dans la délégation de Sotchi. Elle avait arrangé la venue du collectionneur helvético-suisse pour l'attirer dans le piège. Sachant être convaincante, elle l'incita, moyennant rétribution, à endosser l'identité du sieur Vlad Sorosko qui ne ferait pas partie de la délégation russe à Lyon, elle le savait.

Logiquement, elle avait agi seule, en toute impunité. Qui l'aurait soupçonnée ? Le mobile du crime du *Centaurus* se perdait dans des histoires de règlement de comptes, assassinat perpétré contre un homme chargé d'exproprier les citoyens russes ayant le malheur d'habiter sur le passage d'une future piste de slalom géant.
De quoi tromper les enquêteurs et laisser le temps à la criminelle de bien s'embourber, tandis que la dame de pique mènerait à bien son dessein.

Quel était le lien qui l'attachait à Volodia ? Ennemie, ou amie ? Amie d'autrefois, sur la photographie. Ennemie d'aujourd'hui, peut-être, pour reprendre ce qu'elle croyait qu'on lui avait volé, ce qu'elle pensait lui appartenir de droit.
Londaine ouvrit les placards, visita la salle de bains, souleva le matelas. Tout était parfaitement nettoyé. Natacha Amasimova allait se dissoudre dans la nature sans être inquiétée.
Natacha Amasimova savait, — par quel biais ? —, que Jocelyne Paroton connaissait l'existence des réseaux de l'Est, et même, en

palpait à l'occasion. Elle lui avait fixé rendez-vous. Elles avaient parlementé, la russe proposait de l'argent. Pour apprendre où étaient cachés les tableaux ... Ou peut-être le code des coffres, dissimulés dans deux petits lapins de peluche.
Baby Doll savait cela, mais n'avait pas voulu parler. Quelle vieille entêtée ! Elle ne perdrait rien pour attendre. Battue à mort, la prostituée de Parilly avait finalement craché le morceau : la clé du coffre était cachée chez Irina.
Mais le cœur avait lâché avant qu'elle ait pu en préciser l'endroit exact.

Irina s'était tue, elle aussi. A tout jamais. Ces deux femmes considéraient que ces toiles valaient plus que leur vie.
Ça clochait.
Il s'agissait bien des tableaux ! Ce que voulait Natacha Amasimova, c'était les gosses ! Les tableaux venaient en sus.
Mais les mômes étaient entre les mains de Peltier ! Ou celles de Volodia ...
Comme l'ascenseur tardait à venir, Ulrich se jeta dans l'escalier, glissant en se calant au mur pour être plus vite en bas.
Il laissa sonner son portable tout le temps que dura la course en taxi.
« Réponds, Volodia, réponds, je t'en prie ... »

Ulrich paya le chauffeur, leva les yeux vers la fenêtre du second.
Il eut un coup au cœur : une lampe orangée était allumée. Volodia l'attendait. Il lui avait pourtant bien recommandé de ne pas monter chez elle ! Mais elle n'en faisait qu'à sa tête !
Soulagé, il se dit que Natacha Amasimova était prise de vitesse.

Ou alors, il s'était trompé, son scénario ne tenait pas. Idem pour Peltier. Il se moquait bien des deux enfants de sa concubine.
Oui, mais ... Janin et Dédée ...
Un froid mortel rampa le long de sa colonne vertébrale.
Janin et Dédée...
Il se rua sur la porte, que défendait un code, sonna à tous les étages. En vain.
Il donna un coup de pied dans la vitre qui résonna comme un tambour.
A l'intérieur, une forme humaine se détacha de l'ombre. Une femme inconnue sortait de l'immeuble et lui tint la porte. Il remercia d'un sourire stupide.

Londaine monta par l'escalier, dédaignant le vénérable ascenseur à portes de bois vitrées, et grille de fer forgé. Il craignait les caprices de ces boîtes volantes ajourées.
Tout paraissait calme. Volodia ne lui avait pas obéi, elle avait sans doute oublié sa mise en garde. Ou se croyait hors de danger : Peltier l'aimait. Il ne ferait pas de mal à la mère de ses enfants.
Londaine allait pousser la porte et trouverait Volodia un verre à la main, les pieds sur une chaise, ses escarpins sur le tapis. Elle pencherait câlinement la tête, et ses cheveux blonds voileraient son visage, dont il devinerait l'éclat malicieux des extraordinaires prunelles.

Comme dans les cauchemars, il lui semblait que les degrés se dédoublaient sous ses pas, et que la montée ne finirait jamais. Il avait hâte d'arriver, et il aurait voulu retarder indéfiniment cet instant. Et c'est fou d'angoisse, qu'il se trouva sur le palier du garçon coiffeur, devant la porte anonyme qui devait être celle de

Volodia. Londaine n'aurait su dire pourquoi, mais au lieu de frapper, ou de pousser la porte, il grimpa encore un étage et s'assit sur la dernière marche, dans le noir.

Son cœur battait à tout rompre, et lorsqu'il retira le Sig Sauer de sa ceinture, sa main tremblait de façon comique. Il la regarda comme si elle ne lui appartenait pas. Il posa l'arme sur le sol et appela la boîte.

— Peltier a appelé ?

— Non, patron. On attend. On vous tient au courant, s'il y a du nouveau.

— C'est moi qui rappellerai tout à l'heure.

Jolène Gentil ouvrit les yeux à demi. C'est le brusque arrêt de la voiture qui l'avait éveillée. La panique s'irradia aussitôt de son plexus à sa gorge, à sa nuque crispée, énorme, à ses bras et son dos douloureusement étirés, à ses jambes aussi froides que la glace.
Le noir, tout autour, semblait se rapprocher et elle se souvint. Les mains gantées sur sa bouche, un bras aux muscles de fer autour de son cou, et qui lui écrasait le larynx.

L'homme était déjà dans la voiture ; il l'attendait. Un objet dur frappa sa nuque et navrée, elle sombra.
Une portière claqua sourdement. Quelqu'un marchait le long du châssis, rythmant ses pas de petits coups réguliers contre la carrosserie.
Jolène comprit alors qu'elle était enfermée dans le coffre, et se mit à haleter pour faire taire l'angoisse atroce. Elle chercha son arme, promena ses doigts affolés sur la moquette. Les pas s'éloignèrent un peu.

Soudain, un autre véhicule stoppa. Une course, des exclamations, des rires. Une conversation enjouée en russe, peut-être.
Un tout petit silence. Une sorte de glapissement étonné. Puis, le « plop » sans importance du silencieux. D'instinct, Jolène rentra le ventre.
Elle aurait voulu hurler, étouffa son cri au prix d'un effort éreintant. Elle essaya d'atteindre le mécanisme de la serrure, de le faire jouer entre ses doigts, de pousser le hayon avec sa tête, et retomba, épuisée. Toute mouillée, la gorge emplie de béton, elle fut prise de vertige et ne savait plus où était son crâne, où étaient ses pieds, et si seulement elle avait encore des mains.
Elle entendit ahaner, et le frottement macabre d'un corps qu'on traînait sur l'herbe. Puis on marcha prudemment jusqu'à l'arrière du véhicule.
Il lui sembla que le coffre s'emplissait d'eau. Elle se souvint d'une très vieille prière qu'elle répétait sans la comprendre, petite fille, et qui, à présent, prenait tout son sens.

La minuterie s'éteignit. Londaine se leva péniblement et assura son pistolet dans sa main valide, contre sa hanche. Il entendit le glissement de l'ascenseur qui s'immobilisa à l'étage inférieur. Les portes s'ouvrirent et se refermèrent. Puis la cabine reprit sa descente, dans le calme ambiant, comme si elle n'avait libéré aucun passager.
Il sauta les marches quatre à quatre, se jeta dans la rue. Mais elle était paisible, des couples passaient sereins, comme les figurants d'un film, avec un regard prudent vers ce bonhomme hirsute, pas rasé, le bras ensanglanté, qui tenait peut-être une arme à la main.
La porte vitrée claqua et il dut sonner partout avec rage, avant qu'on lui ouvrît.

Face à l'appartement d'Abitbal, le battant était entrebâillé. Londaine recula dans la pénombre, avec ce sentiment de l'inéluctable qui bizarrement, partait toujours de l'estomac.
Dans la petite entrée, l'armoire à clés ornée d'une matriochka peinte naïvement, lui parut incongrue, irréelle. Irréels aussi, le faune en terre cuite, le bureau dos d'âne galbé, gisant pieds en l'air. Irréels le fauteuil éventré, le grand tableau retourné sur la moquette, et qui devait auparavant orner l'espace vide au-dessus du canapé.
Son cœur se serra méchamment. Il retrouva toute fraîche cette méfiance qui assurément ne l'avait jamais quitté, s'immobilisa en respirant lentement, en repoussant l'afflux d'émotions pour mieux penser, se déconnecter d'un délire néfaste. Comme lui avait appris à le faire le Crocodile, le commissaire de Nîmes.
Quoique dévasté, l'appartement était sombre et tranquille. Bien sûr, Volodia n'était pas là. Volodia et son insupportable aptitude à faire le contraire de ce qu'elle disait, à changer d'avis au dernier moment. Peut-être une sorte de superstition pour contrer le sort, inhérente à son âme slave. Ou bien l'insécurité chronique des émigrants, qui la poussait à brouiller les pistes. Et qui peut-être, venait de lui sauver la vie.

Il eut alors contre l'invisible Volodia, la charnelle Volodia, une bouffée de haine. Volodia, qui savait si bien réactiver les effrois d'Ulrich, sa chair à vif, les battements désordonnés de son coeur, le désarroi de l'enfant qui n'a pour se défendre contre la folie des adultes, que le précaire refuge de sa propre peur. Avec Volodia, il redevenait un enfant livré pieds et poings liés à l'aliénation du monde. L'amour amer, c'était trop pour lui.

Mais le corps de Volodia, le corps convoité de la superbe et sensuelle Volodia, le feu sous la glace, le tenait sous son charme, et aucune absinthe, aucun nectar parmi les plus capiteux, ne saurait l'en guérir.

Un panneau de verre dépoli fermait la chambre, distordant le corps immobile allongé près du lit.

De petits serpents froids rampèrent sous la peau de Londaine. Les lumières de l'espoir s'éteignirent tout à tour, comme des flammèches soufflées par le vent.

15

Janin s'éveilla avec l'impression que sa tête était un énorme globe terrestre tournant sur lui-même et éclairé de l'intérieur, comme on en voyait autrefois sur les bureaux des maîtres d'école.
Il se souleva sur un coude et ne reconnut rien de ce qui l'entourait. Des gravats, des cloisons d'aggloméré, des sacs de béton crevés, une odeur de colle : une maison en construction.
Puis il vit les enfants couverts d'un plaid, dormant dans les bras l'un de l'autre, leurs semblables cheveux longs, entremêlés.
Il soupira de soulagement. Mais le souvenir de leur périple dans les rues de Lyon s'imposa, brutal. Janin cria le prénom d'Elodée. Un gémissement lui répondit.
Tous étaient vivants, c'est ce qui comptait ! Ulrich devait être fou d'inquiétude ! Depuis combien de temps étaient-ils enfermés là ? Puis il pensa à cette jeune capitaine, muette tout à coup dans le téléphone. Qu'avait-on fait d'elle ?

En s'aidant comme il pouvait de ses mains liés dans son dos, de ses pieds entravés, il rampa jusqu'à la jeune fille. Il posa sa main sur son front brûlant. Leur bourreau avait dû leur administrer un puissant sédatif.
Mais il en fallait plus que ça pour s'assurer d'un Lomberg, rompu à tous les poisons.
Dans un coin, il dénicha enfin une gouge qu'il parvint à glisser à l'intérieur de ses mains jointes. Il reprit son souffle en inventoriant ce qui les entourait, et commença à frotter le ciseau contre la corde,

lorgnant sur un ustensile dépassant dans un coin : une masse qui aurait peut-être assez facilement raison de la porte, ou même des briques qui en formaient les quatre murs.
Janin écouta la charpente geindre sous les premiers froids de la nuit, et au dehors, les voitures passer sur une route pas trop éloignée, avec des arbres proches qui bruissaient dans le vent du nord. Ils étaient seuls dans une maison abandonnée. Mais les petits étaient là, et l'ennemi allait revenir. Il fallait faire vite.

A mesure qu'il reprenait conscience, des images lui venaient : l'homme mince et travesti se penchant à la portière, la bouche souriante, le coup sur la tempe. On avait poussé Janin sur le siège passager. Une voix jeune qui hurlait son nom sur le Pont du Change. Etait-ce Marthe ?
Dans un brouillard effrangé, il entrevit l'individu saisissant la jeune femme au bras, et l'obligeant à prendre place aux côtés des gamins. Puis le kidnappeur se tourna vers les petits, ôta son masque. Et le plus étonnant : les enfants n'avaient alors manifesté ni peur, ni de surprise.

Feignant la syncope, encore qu'il n'en fut pas si éloigné, Janin fit effort pour mémoriser le parcours : les quais de Saône, la Place des Jacobins, la rue Edouard Herriot, la Place de la République et après, les quais du Rhône, Perrache, la Mulatière, et sa belle américaine filant comme au bon vieux temps vers le sud.
A un feu rouge, il chercha un moyen d'attirer l'attention de l'extérieur, et tout ce qu'il gagna fut d'être souffleté avec une effarante brutalité. Là, il distingua clairement le conducteur, et faillit crier de surprise.

Il reçut un second coup. Sa tête ballotta, et on le poussa à sa place en le tirant par les cheveux. Dans ce mouvement, il aperçut Marthe à vingt ans. Étrangement accoutrée, des anneaux aux oreilles et au nez, elle dormait profondément à l'arrière de la Capitan, Ulrich et un autre gamin serrés contre elle.
Il ne regretta pas d'être venu et s'assoupit, un sourire aux lèvres.

Assis au bord du trottoir, entre les voitures garées, Londaine essayait de contenir les pulsations de ses tempes, après avoir beaucoup vomi.
Son portable s'alluma et se mit à ronfler. Drahaye cherchait à la joindre.
Le commandant composa un numéro qui par hasard, était celui de la boîte. Il eut tout de suite le lieutenant informaticien.
Londaine se leva en titubant, poursuivit sa progression dans l'ombre des façades. Que disait Drahaye ? Que Peltier n'avait pas rappelé.
Le jeune lieutenant débitait toutes sortes de bêtises se voulant rassurantes.
  — Aucune importance, grommela Londaine. Je sais où le trouver, je vais le flinguer.
Il posa l'appareil et s'arrêta encore pour régurgiter.
  — Patron ! Patron ! s'égosillait Drahaye ! Où êtes-vous ? Qu'est-ce que vous foutez !
Londaine dut s'asseoir sur un capot ; son épaule saignait beaucoup : les larmes de sang que ses yeux ne pouvaient pas verser.
  — Je t'écoute, vieux, dit-il dans un effort. Tout va bien ...
Un silence.
  — Bon ... Alors voilà ... reprit Antoine Drahaye.

Il s'agissait de Natacha Amasimova, employée dans la délégation de Sotchi, secrétaire particulière de Mme Gratoviska. En fait, elle n'existait pas, du moins pas dans l'enveloppe de la cinquantenaire qui sabrait le champagne en compagnie du gratin lyonnais sur la photo prise au *Centaurus* de Perrache.
Cette-femme là s'appelait Olga Dagmova, de nationalité ukrainienne, et connue dans les années 80 pour sa vie dissolue.
Escort-girl patentée de la nomenklatura de Kiev, elle avait fait une fin en épousant après la catastrophe de Tchernobyl, un Ukrainien bien en cour, grand collectionneur, Viktor Masseïov, qui bénéficiait de solides relations efficaces, et de biens en Suisse, et qui lui proposa de l'y accompagner, et de s'y établir avec lui.

Ce qu'elle fit, emmenant son fils, Cyril, qu'elle avait eu d'un officier cacochyme du nom de Parinov, qui voulut bien le reconnaître pour se rétracter quelque temps après, sous la pression de sa famille redoutant le scandale. Finalement, les Lanarov avaient adopté l'enfant ; une histoire compliquée.

En juin 1986, la sœur du Professeur Lanarov, Irina Galassimova, professeur en histoire de l'Art et veuve de fraîche date, s'expatriait à son tour, grâce aux relations de Viktor Masseïov.
A Lyon, une ex call-girl amie d'Olga Dagmova, Yalina Seraskaïa, devenue par son mariage Yalina Paroton, s'offrait à l'héberger avec la petite fille du mathématicien, Volodia Lanarova.

Volodia et Cyril avaient échappé à l'irradiation, parce que, dès après l'explosion du coeur de la centrale, on les avait emmenés à Kiev. En effet, on trouvait leurs noms consignés sur le registre d'un camp d'enfants à la périphérie de la capitale de l'Ukraine, dès le 26 avril de la même année.

— Patron, si je peux faire quelque chose pour vous... Pour Jolène et votre fille ... On continue à cuisiner les hommes de main de Peltier, il y en a peut-être bien un qui va lâcher ...

— A bientôt, mon petit Antoine. Merci pour tout.

Un taxi passait au pas, et Ulrich titubant se jeta devant, bras levé. Le chauffeur que rien n'étonnait plus, ne fit pas d'objection pour amener l'énergumène à l'hôtel de police de la rue Marius Berliet, comme il le demandait : il serait bien mieux en cellule de dégrisement que sur la chaussée à embêter le bon peuple.

Jolène sentait l'air lui manquer. Un air écœurant mêlé de vapeurs d'essence. Elle mourrait de soif, d'autant que le glouglou d'une rivière lui parvenait. Elle tapa longuement des pieds contre la carrosserie, essaya d'émettre des borborygmes aussi fort qu'elle le put, mais sa bouche était scellée de ruban adhésif.

Elle se retourna sur le dos, puis sur le côté, servie par sa petite taille, et parvint à coller sa bouche contre le mécanisme de fermeture de la malle, qui laissait passer un infime souffle d'air. Combien de temps tiendrait-elle ainsi ?

Une voiture approchait, ralentissait, et Jolène se tint coite. L'assassin de son kidnappeur revenait Peltier n'avait pas eu le temps de lui régler son compte, mais l'autre savait certainement que la capitaine de la crim' était enfermée dans le coffre de la voiture de police banalisée.

L'automobile s'arrêta. Jolène entendait ronfler le moteur presque à sa hauteur. L'odeur du réservoir se faisait plus présente. Le tueur n'aurait qu'à l'ouvrir et craquer une allumette...

Elle ferma les paupières, la sueur salée lui brûlait les yeux. Elle allait hurler à la mort, lorsqu'elle comprit que la voiture repartait. Devait-elle s'en réjouir, ou le regretter ?

La bagnole que Londaine avait trouvée dans le garage de la boîte fumait comme une locomotive à vapeur, mais elle l'avait tout de même conduit jusque là.
Il descendit, s'appuya contre la portière, déchira le blister de l'anti-douleur avec les dents, et absorba trois ou quatre gélules, pour que son épaule, et son esprit, cessent un moment de le torturer.
Il avait conduit d'une main, s'aidant de son coude, zigzaguant parfois dangereusement sur les voies express, examinant au passage les véhicules abandonnés sur les bas-côtés pour tenter de reconnaître la voiture de Jolène. Où ce fumier l'avait-il emmené ?
« *Part à trois ...* »
Peut-être où Londaine allait lui-même ...
Il s'arrêta sur les parkings à camions pour reprendre souffle, et boire un coup sans trop penser avec des routiers polonais. Ensuite, il quitta la N7 après Saint-Rambert, pour les petites routes de la Drôme louvoyant entre les abricotiers.

Saint-Bernin-en-Savoir dormait dans la lumière orangée de ses réverbères. Londaine remonta la grand rue, et fit demi-tour devant la petite église romane. A la fontaine de la place, un filet d'eau flûtait innocemment. Londaine contourna l'église et se gara dans une petite rue, préférant remonter à pied et inventorier les quelques voitures garées. Il vit que le bistrot, au coin de la rue, fermait ses volets.
Il toqua contre la porte, et le patron le considéra sans parler, perplexe devant ce type étrange, dont le visage rouge et tuméfié montrait qu'il avait chialé tout son soûl, ou bien, de manière moins

romantique, qu'il était chargé à mort. L'inconnu portait le bras en écharpe sous sa veste. Dissimulant quoi ? Ca puait le coup fourré.

— J'ai besoin d'un renseignement, articula le commandant.

Le cafetier hésitait sur la décision à prendre. Dans la région, on ne comptait plus les petits braquages. Il jeta un coup d'œil vers le comptoir, sous lequel il planquait un gomme-cogne. Moins péremptoire qu'un flingue, le pistolet à balles de caoutchouc pouvait tout de même dissuader la racaille et vous envoyer au tribunal pour un ardoise moins salée. Et tout ça pour défendre une recette de cinquante euros pour vingt heures de boulot journalier !

Ulrich sortit sa plaque et la colla contre la porte vitrée.

Le tenancier se décida : devant un juge, il plaiderait le quiproquo. Il tourna la clé et Londaine entra.

— Bonsoir. Je cherche l'ancien établissement de la *Compagnie de Banques Régionales*, vous connaissez ?

— Vous y êtes, c'est juste là !

Le cafetier montrait l'autre côté de la rue. Un lampadaire fiché dans le mur éclairait une façade d'angle du début du XXe siècle, avec un balcon ouvragé à l'étage.

— C'est le jour ... La vieille baraque a déjà eu de la visite ...

— Quand ?

— Il y a deux heures, peut-être, j'ai pas trop fait gaffe, j'avais du monde.

— Un homme ?

— Mouais... Y a un problème ? Vous êtes vraiment flic ?

Par bonheur, le troquet était plongé dans la pénombre, la seule pâle lumière provenant du néon du comptoir.

— J'allais éteindre l'enseigne, si ça peut vous aider !

— Non ... Ça donnerait l'éveil ...

— Houla ... C'est du sérieux, alors !
— C'est du sérieux. Écoutez-moi. Je vais ressortir et vous fermez bien comme il faut les volets. Vous ne sortez sous aucun prétexte.
— Mais ... les poubelles ...
— Elles attendront. Vous ne prévenez personne—Vous vivez là ?
— Au-dessus. Il y a ma femme qui dort.

Planqués dans l'encoignure, près de la vitrine, ils observaient l'ancien immeuble de banque. La porte centrale à deux battants, juchée sur deux petites marches, était fermée. Rien ne montrait qu'il y eût du monde à l'intérieur.

— Vous êtes du coin ? Vous connaissez les lieux ?
— J'y suis entré avec ma mère quand j'étais môme, ça ressemble à tous les établissements de banque des seventies, un peu comme les banques des States dans Lucky Luke, vous voyez ? J'ai une paire de jumelles à infra-rouges à l'étage, je suis réserviste, vous en voulez ?
— Passez toujours, mais n'allumez pas, et n'appelez personne, vu ? Il y a une gendarmerie, ici ?
— Aux Borasses, à cinq kilomètres.
— Cherchez le numéro, il se peut qu'on ait besoin d'eux.

Le cafetier rapporta les jumelles, et Londaine les promena au long des vitres dépolies du rez-de-chaussée, et des fenêtres de l'étage. On ne discernait aucune source de lumière, et Londaine s'apprêtait à sortir pour se rendre sur les lieux, lorsqu'il aperçut un minuscule faisceau au niveau d'une imposte de cave.

— Il est là...
— Vous êtes sûr que ce ne sont pas les fantômes de la maison ?

chuchota son compagnon. Il paraît qu'elle est hantée, on y a vu quelquefois des ombres, la nuit. Les gosses font des détours pour ne pas passer devant ...
Londaine se tourna vers lui, et son sourire se figea aussi sec.
— Le type qui est là-dedans est bien vivant et c'est une énorme source d'embrouilles. J'y vais.
— Si vous avez besoin d'aide. J'ai un peu d'entraînement.
— Si dans une heure je ne suis pas revenu, vous appelez les gendarmes, vu ? Et vous leur dites qu'on a affaire à des méchants, qu'ils sortent couverts ...
Le cafetier siffla entre ses dents. Londaine passa derrière le comptoir :
— Vous le cachez où ?
— Ce n'est qu'un pistolet de défense à billes de caoutchouc...
— Et l'autre ?
— Mais commandant ....

Le tenancier décrocha un petit tableau, composa un code, et tendit à Londaine un 7-65.
Ulrich le passa dans sa ceinture, contre son dos.
— Je vous le rendrai, ne vous inquiétez pas. Vous avez du sparadrap ?
Il ôta de sa ceinture son 9mm Parabellum, le serra contre sa cheville qu'il entoura de toile collante.
— Fermez derrière moi, et planquez vous. Ne restez pas derrière la vitrine, on ne sait jamais ...

— Fais un effort, ma chérie, lève-toi. Il va falloir que tu m'aides à emmener les petits.

Parvenu à se débarrasser de ses liens, Janin avait aussi délivré Dédée. Armé de la masse, il projetait d'exploser les vitres de la fenêtre, et ensuite, de faire sauter les volets sans doute fermés de l'extérieur par une planche cloutée.

— Si tu veux, j'ai un zippo, marmonnait la jeune fille luttant contre le sommeil. On peut très bien foutre le feu ... P ... ! La gerbe ... J'ai jamais pris une dose comme ça ...

— Attention, ma petite, j'y vais, occupe-toi des gones !

Dédée s'accroupit contre le mur, serra les enfants contre elle et tira la couverture au-dessus de leur tête.

Les vitres volèrent aux quatre coins de la pièce. Lomberg banda ses forces, et dans un cri primal, défonça les volets. Le parfum de la nuit se glissa à l'intérieur, gouleyant comme un vin de pays.

Ils s'enfuirent à travers la campagne, Dédée remorquant Klementina, et Janin portant Théophane. Lorsqu'ils furent loin de leur geôle, reprenant souffle dans le bruissement incessant d'une peupleraie, la reine Ramifor, oubliant le protocole, sauta au cou de l'ancien chroniqueur :

— Papy, t'es vraiment le meilleur ! Je comprends que Grand mère Marthe te kiffe !

« Voilà comment finit une capitaine de la crim' ... »

Jolène renonça à bourrer de coups de pieds, le capot du coffre. D'ailleurs, elle n'avait plus ni forces, ni envies. Elle replia ses genoux, posa sa joue contre la moquette et sombra doucement. Elle avait beaucoup de mal à se rappeler si elle était à Lyon, et si elle devait rentrer rue Marius Berliet ou retourner au *Saint-Paul*.

C'est à peine si elle entendit approcher la voiture. Une portière

claqua. Des hommes parlaient. Il était question, lui sembla-t-il, de poissons, d'eau douce, d'autres choses encore qui l'auraient faite saliver, si elle avait eu encore un peu d'eau en bouche.
« C'est la fin. Ils vont finir le boulot .. »
   Puis le miracle se produisit. Le capot se souleva, et Jolène aspira goulûment. Deux hommes vêtus de kaki, cannes à pêche en main, la contemplaient bouche ouverte.
   Quelqu'un cria : il y avait un cadavre qui trempait à demi dans l'étang !

   Londaine poussa le battant qui tourna sans bruit sur ses gonds. Le réverbère de la rue éclairait la pièce de biais : à droite, un comptoir vernis surmonté de vitres, des chaises dans un coin, sur un lino usé qui sentait la vieille huile de lin. A gauche la vitrine de présentation, laissant filtrer la lumière orangée de la place à travers des voilages troués.
Et par dessus cette odeur de poussière rarement dérangée, un parfum qu'il avait déjà senti. Au *Centaurus* de Perrache, dans la chambre du faux Vladimir Sorosko.

   Peltier n'était pas seul, le cafetier avait mal vu. Natacha Amasimova, ou plutôt Olga Dagmova, l'accompagnait.
« Part à trois »
La mère et le fils s'étaient débarrassés de Volodia, comme de Baby Doll et d'Irina, de Viktos masseïev, le mari d'Olga, et comme de Mensuy, en enlevant Roxane, et en envoyant Londaine faire le ménage ... débarrassés aussi de Jolène, qui ne savait rien des tableaux ...
Ulrich n'osa pas aller plus loin dans son raisonnement.

Il vit le sang. Les gouttes formaient une ligne brisée jusqu'au fond de la pièce. L'un des deux était blessé : Jolène s'était peut-être défendue. Londaine reprit espoir.
Il dégaina le 7-65, fit un pas sur sa droite et jeta un œil par-dessus le comptoir. Derrière, deux bureaux exigus. Il suivit la banque de bois jusqu'au fond de la salle du public, tout près de la porte qui devait mener aux coffres, aux sous-sol.
Il tira le battant, qui dévoila un escalier de pierre un peu raide.
Il s'abattit contre le mur et attendit, avant d'entreprendre sa descente aux enfers, pour mieux réfléchir au parti à prendre.
Il tâta le Sig Sauer à sa cheville, alluma son portable dans la poche de son blouson, et ruisselant de sueur, ôta son bras de l'écharpe et serrant les dents, referma ses poings sur le Browning.
Il prit une longue inspiration, puis, à pas lents, bien serré contre le mur, s'arrêtant à chaque degré, il descendit.

Le silence était compact, et Ulrich n'arrivait pas à deviner quel genre de réception lui était réservée.
« Ils ont besoin de moi pour savoir où sont les tableaux... Non... Ces sont les codes qui leur manquent. Olga Dagmova connaît certainement la cachette des toiles par son mari. »

Comme il pensait cela, une voix de femme retentit :
— Descendez sans crainte, Londaine, je vous attendais !
Il ne changea rien à sa stratégie. Et lorsqu'il fut en bas, il se jeta au sol, arme braquée. Mais aucune balle ne siffla dans un éclair orangé. Il se plaqua contre le mur, en surveillant l'escalier.

Elle était assise au fond du sous-sol, sur une caisse retournée, entre les murs garnis de petits casiers métalliques que l'on devait ouvrir avec le type de clé trouvée chez Irina.

Certains de ces coffres, tordus, maltraités, jetés vides par terre, avaient servi de travaux pratiques à une multitude d'apprentis-gangsters.
Les « fauves » devaient se trouver bien à l'abri d'une sorte d'énorme autoclave, juste derrière Olga Dagmova.
Elle avait une cigarette éteinte à la commissure des lèvres, et curieusement, des larmes coulaient sur ses joues comme si elle était incommodée par la fumée.
Sa silhouette longiligne donnait l'illusion de la jeunesse, comme ses vêtements sans forme et ses cheveux courts pouvaient abuser sur son sexe. Le charme étrange, encore agissant de cette femme était perceptible. Elle devait en jouer efficacement.

— Où est Peltier ?
Elle retira une main de son dos, qui brandissait un énorme revolver.
— Peltier est mort ... proféra-t-elle d'une voix tremblante.
— Qu'a-t-il fait de ma coéquipière ! gueula-t-il.
— Elle est dans sa voiture, calme-toi ! ... Et le sort de ta jolie petite fille et de son grand père ne t'intéresse donc pas ?
Il dirigea la bouche du 7-65 vers son front bombé :
— Où sont-ils ? siffla-t-il entre ses dents.
— Donne-moi ce que je veux, et je te le dirai ...
Elle tenait une main contre sa taille, et Londaine comprit qu'elle était blessée. D'ailleurs, le revolver trop lourd entraînait sa main, et elle devait de temps à autre, la poser sur son genou. Elle suivit son regard :
— La dernière étreinte d'un fils adoré pour sa mère bien-aimée.
D'un mouvement du menton, elle désigna la porte du coffre-fort :
— Les codes, Londaine ...

« *J'avais raison ... Elle savait que les tableaux étaient entreposés là.* »

— Et si je ne les ai pas ?

— Serais-tu venu jusque là juste pour piéger Peltier ? Tu es comme les autres, Londaine ...

— Admettons que je les connaisse ... Je veux d'abord savoir où sont retenus le capitaine Gentil et ma famille ...

— Bon, je serai magnanime. Et puis qu'importe ! Ta fille et son grand père sont avec mes enfants. Dans une maison des alentours. Il ne leur ai rien arrivé de mal. Tu sais, je ne suis pas une tueuse. Je me débarrasse des parasites, c'est tout.

— Comme Volodia ? Comme Baby Doll et Irina, par exemple ? Ou Viktor Masseïov ?

— Au dernier moment, Viktor a refusé d'emmener les enfants en Russie sous l'identité de Sorosko. Quel vieil imbécile ! Il s'est laissé manipuler par la bande des trois : Baby Doll, Irina et Volodia !

— Vous oubliez Peltier...

Elle lui jeta un regard noir.

— Une mère sait où est son devoir ! Il fallait que Cyril meure. Que sais-tu de ma vie ? Mon fils était devenu fou. Tout comme Volodia ... Je n'ai cessé depuis leur enfance, de vendre mon corps pour leur procurer le remède à base de pectine qui seul pouvait arrêter les ravages du césium ! Mais rien n'y a fait. De toute façon, les jours de Cyril étaient comptés. Et Volodia n'aurait jamais pu s'occuper des enfants comme je le ferai. Ces trésors auront une vie de rêve, avec l'argent des tableaux.

— Où est ma coéquipière ?

— Les codes, Londaine.

— Vous ne pourrez jamais revendre ces toiles. Il faudra les

détruire ! Ils représentent un grand danger. Abandonnez-les dans leur sarcophage de métal. Et venez avec moi...

Il tendit la main, elle poussa un cri sauvage et braqua son arme sur Londaine.

— Je n'ai pas fait tout ça pour rien ! Il m'a fallu des années pour que Viktor Masseïov avoue la cachette de son butin !

— Mais comment a-t-il pu acheminer tout cela jusqu'en France ?

— Les deux vieilles folles s'en sont chargées. Dans un vieux camion abandonné par les nazis, après la guerre de 40, dans la commune de Pripyat, non loin de Tchernobyl. Le père de Viktor Masseïov savait que les allemands qui le conduisaient étaient tombés dans une embuscade, sans doute parce qu'il y avait participé Le camion maudit pourrissait dans une grange, où on l'avait caché en urgence après l'attentat. Pendant de longues années, personne ne s'avisa jamais de regarder à l'intérieur. Sauf Viktor ... Après l'explosion de la Centrale, aidées par Masseïov, Yelina et Irina aménagèrent le véhicule des Allemands en fourgon sanitaire. A la faveur de la panique plus ou moins organisée qui régnait partout, elles purent gagner l'Europe en emmenant Volodia. J'ignorais l'existence de ces tableaux, jusqu'à ce que Viktor finisse par avouer ce qu'il ne pouvait garder pour lui plus longtemps. Il connaissait cette agence désaffectée, dans cette belle région du sud de la France où il voulait faire construire une maison. Mais j'avais assez donné de ma vie à ce radin, ce rampant devant l'autorité ! C'est à cause de gens comme lui, que Tchernobyl a explosé ! Des profiteurs et des vendus ! Les codes, Londaine ; et je te dis où sont ta fille, le vieux, et ta petite capitaine. Et moi, je pars avec les enfants ... Je reviendrai prendre les toiles, et tu n'entendras plus parler de moi. Je déposerai ta part sur un compte à Zurich.

— Oui, dit-il, mais Volodia ... Je l'aimais ...
Il ne comprit pas pourquoi il avait prononcé ces paroles.
Elle fit un pas vers lui, avec sur le visage un air de compassion qui ne semblait pas feint. Il tendit son arme.
— Ne bougez pas !
Elle réprima un sanglot.
— Je sais ce que c'est... Moi aussi, j'aimais mon fils ... C'est pour cela, que je l'ai tué ... peux-tu comprendre ça ? Il ... Il voulait la main mise sur Lyon, pour épater cette petite garce, et garder les enfants ! Comme si les gens de Tchernobyl pouvaient prétendre encore au romantisme !
Elle éclata d'un rire fou. Londaine bouillait de rage, et Olga Dagmova braquait sur lui son Glock au petit bonheur, des larmes pleins les yeux. Il eut envie de la blesser plus encore :
— Les codes étaient en sécurité entre des mains innocentes. Cousus dans les lapins de peluche de vos petits enfants ...
Ses lèvres rouges se tordirent dans un rictus, et Olga Dagmova cracha sa haine sur le linoléum usé par des milliers de pas.
Londaine tira de sa poche un papier où les numéros étaient notés.
— Lance-le moi...
Elle alla au fond de la pièce, fit jouer avec des mains tremblantes, au flanc de la chambre forte, plusieurs mollettes qui cliquetèrent.
— Viens m'aider à ouvrir !
Elle suivit ses mouvements du canon de son arme.
Afin de manœuvrer et tirer l'énorme volant de fer, il dut poser le Browning sur le sol. De sa main ensanglantée, Olga Dagmova s'en saisit avec un cri de douleur.
La porte résista un moment, puis finalement, tourna sur ses gonds.
Ils étaient là. Il y en avait des dizaines. Certains immenses, d'autres d'une petitesse charmante. Vifs et colorés comme au premier jour,

intacts. Des nus insolents de vie, des paysages plus réels que la terre.
« *Comme les bombes à retardement sont séduisantes...* »

Le portable de Londaine vrombit. Olga Dagmova se tourna d'un bond et dans un hurlement de louve, tira : un coup avec le Glock, un coup avec le Browning.
Londaine qui s'était jeté au sol, arracha son Sig Sauer et fit feu.
Olga Dagmova tomba élégamment, les yeux écarquillés. Morte.

— Patron, c'est Vilejo. On vous appelait pour vous dire qu'on a retrouvé votre fille, votre beau-père et les gosses. Ils sont chez des particuliers dans une ferme pas loin d'un patelin qui s'appelle Saint-Bernin-en-Savoir, dans la Drôme. Ça vous dit quelque chose ?
Ça se bousculait, rue Marius-Berliet :
— Pourquoi tu ne lui dis pas qu'on a retrouvé aussi Jolène ? Elle va bien !. Ce sont de pêcheurs qui l'ont découverte dans le coffre de sa voiture, vers l'étang des Borasses, à quelques kilomètres de Saint-Bernin-en-Savoir. C'était moins une ... Et tenez-vous bien. Peltier n'était pas loin, mais mort ! Et ce n'est pas elle qui l'a dessoudé ... Ça va patron ? Au fait, où êtes-vous ?

Epilogue

Christophe Tremet convoqua Ulrich. Assis l'un en face de l'autre, les deux hommes se dévisagèrent longuement en silence. Puis le directeur interrégional se leva, marcha de long en large et explosa.

Ça dura bien une demi-heure, et tout y passa : les méthodes spéciales du nouveau commandant, inadmissibles dans une ville comme Lyon, les problèmes avec le Préfet, la Région, et même le Consulat britannique ! Jusqu'au ministre de l'Intérieur, qui avait interpellé le *Gatto* à Paris, dans un dîner en ville, au sujet de sa brigade criminelle très atypique ! Sans parler de la ligue de protection de l'enfance, le syndicat de l'Hôtellerie et la communauté russe qui s'y mettaient aussi !
On lançait des débats dans tous les canards de la région, et même à la télé : que pensez-vous des méthodes de *Monseigneur* ? Une journaliste voulait suivre Londaine et la brigade toute une journée ! Trop, c'était trop !
Il fallait que la rue Marius Berliet retrouvât sa sérénité !

Londaine n'écoutait qu'à demi. Les paroles de Lazarus lui vrillaient les oreilles :
« *C'était moins une ...* »
Par sa faute, et sans une bonne dose de chance, Jolène Gentil y passait.
Ulrich se dit qu'il était un nul congénital. Il avait envie de tout

plaquer, de partir sur les routes avec un sac à dos, de dormir dans les chemins creux, de squatter une cabane abandonnée sur le Grau, où il attendrait il ne savait quoi.
Il fit un signe d'approbation, tira sa plaque et son arme, et les déposa sur le bureau.
Le *Gatto* soupira, se laissa tomber dans son fauteuil :
— Et susceptible en plus ! Reprenez-moi ça ! Même s'il a fallu éponger les éclaboussures collatérales, nous n'avons pas à déplorer de pertes dans nos rangs, et parmi les otages... Allez-y mollo, dorénavant, c'est tout ce que je vous demande, je ne pourrai pas toujours vous couvrir ! Ah ! Au fait, vous n'aurez plus à collaborer dorénavant avec le capitaine Redeven, qui avait demandé sa mutation dans le Nord, plus près de ses racines. Elle a été acceptée.

« *Nous n'avons pas à déplorer de pertes ...* »

Londaine demeura longuement sur le seuil, à contempler il ne savait quoi. Puis il partit à pied, au hasard, entra dans un tabac, acheta des cigarettes.
L'impossible absence de Volodia lui cuisait au côté comme une blessure physique fraîche. Il appela Roxane, qui répondit aussitôt, d'une voix ensommeillée. Il souffla la fumée.
— Tu fumes, maintenant ?
Puis :
— Ulrich, je veux divorcer ... Tu es ... Tu es un type dangereux, imprévisible. Je ne peux plus vivre comme ça, je croyais que ça changerait, mais c'est pire, pire ...
— Roxane, je sais que je te demande beaucoup, mais c'est le métier qui le veut, tu sais bien.
Elle eut un sanglot et se mit à hurler :

— Mais qu'est-ce qui t'a pris d'exposer Dédée, de l'embarquer dans cette histoire de dingues, tu deviens complètement débile, ma parole ! D'ailleurs, j'exige la garde de ma fille !

— Elle est aussi la mienne, je te le rappelle. Et puis, c'est à elle de décider. Écoute, Roxane, nous sommes tous sous le coup des événements, laissons-nous du temps ...

— Mais tu es bouché ! C'est justement ce qu'on te reproche, de nous impliquer sans arrêt dans ton boulot, avec tes viols, tes morts, ta racaille ! J'en ai marre, tu comprends, marre ! Et Dédée aussi !

Les passants se retournaient sur Londaine, parce qu'il marchait en tenant le téléphone à bout de bras, comme un objet maléfique, et la voix amplifiée de Roxane, suraiguë, s'entendait à deux mètres.

— Je vais adopter des enfants, dit-il simplement, je veux donner un frère et une sœur à Dédée.

Il y eut un borborygme à l'autre bout.

— Les ... Les enfants de ta maîtresse ... murmura Roxane. Décidément, j'aurai tout vu, tout entendu ... Je ... Je quitte la maison, je retourne dans le sud. Démerde-toi !

Puis elle coupa brusquement la communication.

Le commandant Londaine s'assit au bord du Rhône, et arracha un brin d'herbe poussé entre deux pierres, et que le vent malmenait. Ulrich sentit sur ses épaules le coulis frais du vent passant sur les Alpes, râpeux pour les crêtes grises du fleuve. En un jour, l'hiver était là.

L'eau scintilla encore un peu, puis les nuages effacèrent le soleil, et tout devint amer comme le fétu que Londaine mâchonnait.

Sa vie s'écroulait comme ces vieux murs de pisé érigés au sang et à la sueur de générations ferventes, et que le flot débordant emporte d'un coup, en les coupant à la base.

Irrémédiablement, Ulrich venait de perdre deux femmes très aimées.

Là-bas, à Tchernobyl, les bisons millénaires dont aucune civilisation de l'horreur n'aurait jamais raison, ruminaient l'herbe amère.

Les chevaux sauvages galopaient éternellement contre le ciel, frappant de leurs durs sabots la terre assassinée, l'âme chevillée à leur sculpture puissante, crinière au vent, fatalistes, insoucieux de la folie humaine.

Et peut-être l'âme tendre, forte et têtue de Volodia, rassurée du devenir de ses enfants, volait-elle avec eux.

FIN

© 2015, Annie Gomiéro
Edition : BoD - Books on Demand, 12/14 rond-point des Champs Elysées, 75008 Paris
Impression : BoD - Books on Demand GmbH, Norderstedt, Allemagne
ISBN : 9782322018352
Dépôt légal : Juin 2015